ISBN : 9781980441373
Dépôt légal : mars 2018
Loi n° 49.956 du 6 juillet 1949 sur les
publications destinées à la jeunesse : mars 2018

https://cindy-duhamel-auteur.blogspot.fr/
Facebook : Cindy Duhamel Auteur
Instagram : Cindy Duhamel Auteur
Twitter : @cindyduhamel28
Image de couverture : achetée sur Istock.

Cindy Duhamel

Aurielle
et les super héros
de la littérature

—1—
Au secours !

— Aurielle, cinq sur vingt ! Tes notes ne cessent de baisser. Quand te décideras-tu à te remettre au travail ? Ce n'est quand même pas compliqué d'apprendre dix mots de vocabulaire ! Tu n'as pas appris ? gronde madame Hargne, qui semble encore une fois excédée contre moi.

Cette rengaine est devenue mon quotidien depuis quelque temps. Justement, j'ai vraiment appris cette leçon, je la connais encore ! Je récite dans ma tête : *« Une didascalie est une indication scénique en italiques qu'on ne prononce pas, qui donne des informations sur le ton ... ».* À quoi ça sert ? Elle ne me croira jamais ; par conséquent pour ne pas me faire remarquer davantage, je garde la tête baissée, l'air désolé.

— Eh bien, réponds-moi ! As-tu au moins ouvert ton classeur ? commence à s'impatienter mon professeur de français.

J'hésite et je bredouille :

— Si, madame, j'ai appris comme une poésie, je les connais...

Elle se met en colère et me fait peur :

— C'est pour cela que tu as une note si

catastrophique ? Aurielle, tu es en quatrième maintenant, il faut réagir et te concentrer de nouveau sur ta scolarité.

Les larmes me montent aux yeux, alors je ne lève surtout pas la tête et réponds :

— Oui madame.

Tout le monde pouffe de rire dans la classe. Je tente un regard rapide vers Baptiste, mon ami d'enfance, afin de vérifier s'il se joint ou non aux moqueries. Heureusement, il est trop occupé à réviser sa leçon, de peur d'être interrogé, pour se soucier de ce qui se joue en ce moment. Peut-être prend-il cet air si concentré pour ne pas avoir à prendre position ? Baptiste était mon meilleur ami avant toute cette histoire, je l'ai toujours trouvé super et je l'admire encore plus depuis la classe de sixième ; nous avons quasiment grandi ensemble donc je sais que c'est un garçon génial. Il y a encore quelques mois de cela, nous passions nos journées, collés l'un à l'autre. Les autres élèves répètent que c'est « l'intello » de la classe, de ce fait il est souvent seul, mais moi je le trouve extra, en plus d'être beau et drôle. Bon, il faut que j'arrête de rêver, car en même temps, je suis devenue la plus nulle de la classe désormais, de ce fait il ne s'intéresse plus du tout à mon cas ! Pire. Il m'ignore complètement et nos conversations se réduisent, à présent, à un simple bonjour ; sans doute que je ne mérite plus son amitié. Notre seul point commun se résume au fait que moi aussi, depuis la rentrée scolaire, je suis un peu à part. D'habitude, les plus nuls, ils ont la cote, ils font rire les autres ou bien ils sont hyper forts aux jeux vidéo ou en sport. Mais de mon côté, je n'ai aucun talent à mettre en avant.

La sonnerie de fin de cours retentit, je m'applique pour écrire mes devoirs et je sors de la classe de Mme Hargne. Dylan et compagnie se précipitent pour se moquer de moi, comme ils en ont pris l'habitude depuis quelques semaines :

— Alors Aurielle, encore une taule aujourd'hui ? Tu gagnes au concours des looseuses, hein ? ricane Dylan.

— À quoi ça sert que tes deux vieux soient profs ? T'es sûre que t'es pas adoptée ? pouffe Kévin.

Quels idiots ! Ils se placent chacun d'un côté de moi et alors que j'avance, ils me donnent des coups d'épaule pour me faire valser comme un pendule entre eux deux. J'accélère pour me dégager de ce jeu et j'ai le cœur gros, sans savoir si c'est à cause de leur plaisanterie idiote, qui leur aurait valu une bonne raclée à chacun l'an dernier, ou si c'est à l'évocation du métier de ma maman... Ma douce maman... Ma « maman d'amour », comme je disais quand j'étais petite...

Ces pensées font remonter une boule dans

ma gorge qui me remplit de haine, je ne parviens plus à gérer ce trop-plein d'émotions. À cet instant, mon cœur plonge comme dans un précipice, les murs gris semblent se rapprocher dangereusement comme pour venir m'écraser si bien que je me mets à courir aussi vite que je peux. Je parcours les couloirs, je dévale les escaliers, je traverse la cour. Je suis essoufflée, mais pleine de rage. Cette dernière confrontation, ajoutée à tout ce poids sur mes épaules depuis des mois, met à nue une grande tristesse, parasitée de colère, qui vient brouiller ma vue, de ce fait je ne distingue plus rien.

Désormais hors du collège, je cours à en perdre haleine ; je sens, bien, que je bouscule des gens, mais je ne les vois pas, j'entends parler autour de moi, je manque de m'étaler en ratant la marche d'un trottoir pour traverser la rue. Soudain, j'entends des crissements de pneus, des cris. Je me sens projetée dans les airs. J'ai la sensation qu'on me brise les jambes, tellement j'ai mal, je crois même que je crie. Je m'abats brutalement sur le sol froid comme une crêpe, ce qui me réduit au silence, puis... plus rien. C'est le calme plat. Je n'ai plus mal nulle part. Les sons autour de moi sont étouffés. Non, non, je ne suis pas morte, rassurez-vous ! Au contraire, je rentre dans la catégorie des miraculés. Je devine bien du brouhaha autour de moi, d'ailleurs j'entends vaguement le claquement d'une portière, des pas ; à ce moment-là, je reprends rapidement mes esprits. Je me trouve debout, face à la vitre de la voiture, du côté passager. J'ai dû me relever aussi vite que je suis tombée, car je ne m'en suis pas rendu compte. En même temps, vu le choc, je suis plutôt sonnée, mais au lieu d'être à plat ventre devant la voiture qui vient de me faucher, comme je m'y attendais, j'ai réussi à rejoindre le trottoir d'en face. Je me demande comment j'ai fait ! De là, j'observe la scène et l'agitation ambiante ; je vois le conducteur se précipiter à l'avant de son véhicule et regarder d'un air paniqué devant son parechoc. En suivant son regard, je découvre sur le sol, à côté de la roue avant, le cadavre de mon téléphone portable complètement détruit, en miettes. Et mince ! Non seulement je n'ai plus de moyen de communication, mais en plus papa sera en colère de devoir m'en acheter un autre. Comme si c'était le moment de lui créer des soucis ! Je m'en veux tout autant que je désespère à l'avance de le décevoir. Le conducteur s'accroupit, vite rejoint par des passants affolés qui accourent. J'imagine que j'ai dû abîmer sa voiture... Oh non, j'ai assez de problèmes à gérer ces derniers temps ! À cette pensée, mon cœur tambourine de peur à l'idée de ce qui pourrait m'arriver avec cette nouvelle bêtise ; je n'ose pas affronter ces gens visiblement choqués par les dégâts occasionnés... Pas besoin de réfléchir très longtemps. Tant pis, je n'ai pas d'autre solution, je m'enfuis à toutes jambes, abandonnant derrière moi ce chaos que j'ai causé.

Je cours longtemps et, hors d'haleine, je me réfugie en face du collège, de l'autre côté de la rue, dans le parc du château de Compiègne, désert à cette heure de la journée. Arrêtée par un obstacle dans ma course folle, il me semble qu'on m'empoigne par les épaules. Je fais volteface. J'essaie de distinguer à travers un brouillard, certainement causé par l'agitation qui perturbe mes facultés sensitives, celui qui me parle. J'entends des bribes de phrases au loin :

— Jeune fille, tu m'entends ?

Évidemment que j'entends, mais difficilement, et je n'arrive pas à répondre tellement je suis essoufflée. La voix continue :

— Si tu m'entends, serre-moi la main, ouvre les yeux.

Je m'apprête à faire ce que cette voix masculine, de plus en plus lointaine, me prescrit quand je sens que je heurte quelqu'un. Je ne comprends pas ce qui m'arrive. Comment ai-je pu heurter quelqu'un à l'arrêt ? J'ai perdu tous repères, je ne sais plus bien ce que je faisais l'instant d'avant et où je me trouve. Au même moment, j'entends distinctement un homme, qui, en me prenant le pouls, m'ordonne :

— Allez que l'on batte comme il faut. Ce-pouls-là -fait -l'im-per-ti-nent[1].

Je relève la tête et me trouve face à un monsieur, qui au premier abord, ressemble à une femme. Enfin, il a une coiffure d'un autre temps et semble tout droit sorti d'une pièce de théâtre. Il porte les cheveux jusqu'aux épaules, plutôt ondulés et même pas lissés ! Il a une moustache fine. En plus, on dirait qu'il se maquille au crayon noir sous les yeux. Drôle de personnage !

Je recule un peu à cause de la surprise. Il continue son questionnaire ou... plutôt... son auscultation médicale. En attendant, je l'observe ; ce curieux personnage s'agite tout seul, il parle très vite comme s'il était inquiet :

— C'est du poumon que vous êtes malade ! Vous avez un peu mal à la tête ? Il vous prend l'envie de dormir après avoir mangé ? Parfois, vous vous sentez ballonnée ? Justement, le poumon ! Le poumon, vous dis-je[1] ! s'emporte-t-il.

J'interromps son diagnostic :

— Vous vous sentez bien ?

Il s'arrête net et me rétorque :

---

[1] Inspiré de la réplique de Toinette déguisée en médecin dans *Le Malade imaginaire*, Acte III, scène 10, de Molière.

— Quelle drôle de question ! Un patient ne s'enquiert jamais de la santé de son médecin, monsieur Argan[2] !

— Argan ? Mais je ne suis pas monsieur Argan, je suis ...

— Ah, mais tu viens de m'ébranler tout le cerveau[3] !

— Hein ?

Je me suis écriée, complètement désarçonnée par cette situation rocambolesque, ce qui pousse mon interlocuteur à redevenir tout à coup sérieux :

— Non, pardon, s'excuse-t-il confus.

— Vous êtes médecin ?

Il rit comme si j'avais fait une blague.

— Oh non, que dieu m'en garde !

— Pourtant...

— Je répétais et comme je t'avais sous la main... Je travaille présentement sur une petite farce. Vois-tu, j'aime me moquer de la médecine. Cette fois, mon sujet traitera d'un malade imaginaire, qui se prend à tester toutes les

---

[2] Nom du malade imaginaire dans la pièce de Molière *Le Malade imaginaire*, 1673.

[3] Molière, *Le Malade imaginaire*, Acte II, scène 2 : « Pendarde, tu viens m'ébranler tout le cerveau » est une réplique de Argan à Toinette par laquelle il lui reproche de parler trop fort au malade qu'il est.

médecines pour guérir d'un mal qui ne se trouve que dans sa tête, me répond-il en riant et en s'amusant.

— Vous répétiez ? dis-je sans comprendre vraiment son métier.

Il semble s'en rendre compte et reprend d'un ton sérieux :

— J'explore l'âme humaine ! Je mets les hommes face à leurs défauts, je fais en sorte de les en faire rire et de m'en moquer pour les guérir de leurs travers.

— Vous êtes psy alors, mais au lieu de faire pleurer, vous faites rire ?

— Fi ! Non. Quel est cet art ? s'enquiert-il soudain curieux.

— Ben, psychologue, un médecin pour la tête, pour quand vous n'avez pas le moral.

Puisqu'il me regarde comme si je venais de la planète Mars, je tire sur sa manche et l'entraîne vers un banc, je prends place près de lui et me lance dans une explication très personnelle :

— Mon père, au début de l'été, a voulu que je voie un psychologue... toutefois, lui-même ne veut pas en consulter un. Bref, passons ! On s'assoit devant le bureau du docteur et il nous pose des questions, alors on répond. Il nous fait parler des choses un peu douloureuses, qui font pleurer et après on est censé aller mieux.

Il me regarde, avec des yeux ronds, et comme

écœuré.

— Fichtre, quel drôle de monde ! Tu viens
donc d'une contrée bien lointaine ?

J'hésite avant de lui répondre :

— Ben, non... juste de la rue d'à côté.

— Cette... « médecine » te permet-elle d'aller
mieux jeune fille ? s'inquiète-t-il en crachant
presque le mot « médecine » comme si cela lui
donnait la nausée.

— Bof... mais je m'appelle Aurielle.

— « Bof » ? « Au-rielle » ?

Il me donne vraiment l'impression que je lui
parle en chinois. Il est gentil, mais un peu toqué !

— Oui, dis-je en souriant pour le rassurer.

— Pourquoi pas après tout ? Moi je suis
Jean-Baptiste Poquelin, mais appelle-moi...

Il se lève, redresse le menton, place sa main
sur son cœur et déclame :

— ... MOLIÈRE !

Je ris de son attitude prétentieuse. Encore un
fan qui se prend pour son idole ! Enfin, des
sosies de chanteurs, j'en ai déjà vu, ils se plaisent
à imiter leur vedette, mais le sosie d'un écrivain,
c'est une première pour moi. Il semble vexé,
courbe le dos, se rassoit et dit en boudant :

— Pas comme « molaire ». Ne l'écris pas
« ai », mais « iè ».

Je souris et je m'aperçois qu'il me regarde

d'un air pensif.

> — Dis-moi jeune fille, qu'avais-tu à courir aussi vite ? Quel malotru fuyais-tu ?

À cette question, tous mes problèmes se bousculent dans ma tête au point de me donner le tournis. Je sens qu'on me soulève, j'ai soudain chaud comme si on m'emmitouflait dans une couverture, j'entends des voix masculines, féminines qui parlent de très loin sauf que je ne comprends pas ce qu'elles disent. J'ai l'impression d'être éblouie par le soleil, je cligne des yeux pour retrouver la vue. Quand je les rouvre, mon nouvel ami a disparu. Quel dommage, je commençais à bien l'aimer !

Moi aussi, il faut que je me sauve si je ne veux pas avoir des ennuis. Mais où aller ? Mon estomac gronde, j'ai vraiment faim. Impossible de retourner déjeuner à la cantine du collège. Plus le choix ! Je dois retourner dans le centre-ville pour me procurer de quoi me sustenter. J'espère ne rencontrer personne que je connaisse. Je fouille dans la poche avant de mon sac à dos. J'ai...un billet de cinq euros en poche. Il faudra s'en contenter et prendre garde à dépenser le minimum si je veux survivre assez longtemps avant de trouver une solution. Voyons... Je vais me faufiler jusqu'au supermarché pour acheter une bouteille d'eau et un paquet de *BN* au chocolat, il me restera environ trois euros. À ce rythme, je tiendrai bien jusque demain soir.

—2—
Un père anéanti.

Engloutissant mes *BN*, je traverse la piste cyclable qui me sépare de la berge droite de l'Oise, côté centre-ville. Je vais enfin pouvoir profiter d'un peu de quiétude. M'installant confortablement en tailleur, sur l'herbe brûlée par le soleil, j'avale goulument mes biscuits, sans même prendre le temps de mâcher tant je suis affamée. Cela me remet en mémoire les goûters pris ici avec Baptiste chaque mercredi après-midi. Le dernier remonte à la semaine précédant les vacances d'été ; nous étions alors plus proches que jamais et avions profité du fait que la fête foraine s'installe sur les avenues pour faire quelques tours de manège à sensation. Ensuite, nous avions acheté chacun une pomme d'amour pour venir nous réfugier ici, loin de l'agitation et de la foule. Nos mains et nos bouches étaient collantes à cause de tout ce sucre rouge qui recouvrait nos pommes, ce qui nous poussait à nous en amuser et à nous taquiner. Cette scène mémorable défile à nouveau sous mes paupières closes, je la revis : Baptiste s'approche pour me donner un bisou collant sur la joue. Je ne sais pas ce qui me prend à cet instant, ma tête pivote rapidement pour que ses lèvres rejoignent les miennes. L'ai-je fait exprès ? Je ne m'en souviens pas vraiment. Que m'est-il alors passé par la tête ? Était-ce pour m'amuser ? Quoi qu'il en soit, mon Baptiste n'a pas de mouvement de recul et laisse longuement sa bouche sur la mienne. De surprise, peut-être... de plaisir, je l'espère. Mon cœur vient de faire le grand huit, je me sens grisée ! Perturbée de redécouvrir ces émotions, je rouvre vite les yeux pour reprendre le contrôle et y réfléchir une énième fois. C'est vrai, ce baiser m'avait tellement étourdie, qu'il avait semé le trouble dans mon esprit, même si nous nous sentions vivement gênés juste après. Je ne savais plus qui j'étais pour mon meilleur ami ni qui lui devrait être pour moi ni ce que je voulais que nous soyons. Je ne suis pas plus avancée aujourd'hui, mais le temps semble avoir réglé le problème, car nous ne nous côtoyons plus vraiment à présent. Peut-être que cet éloignement est dû à ce rapprochement physique ou bien au départ de maman, survenu la semaine suivante ? Je n'ai toujours pas la réponse à cet instant. Mes pensées m'ont emportée si loin dans le passé que je n'ai pas pris garde à ce que je faisais : il ne reste plus un seul biscuit dans le paquet !

Satisfaite de me sentir enfin rassasiée, je regarde aux alentours pour m'assurer que personne ne m'a repérée. Évidemment, trop occupée que j'étais à assouvir ma faim et ma nostalgie du passé, je n'ai même pas vérifié si quelqu'un m'avait suivie. Encore toute retournée par cet accident que j'ai causé, je ne sais pas comment réagir. C'est d'ailleurs étrange, car chaque fois que j'y songe de nouveau, la douleur au genou droit se réveille si fort qu'elle me fait sursauter. Pour me soulager, je me relève et je fais quelques exercices. Je m'accroupis pour plier les genoux et me relève, les bras tendus devant moi, plusieurs fois de suite ; cela n'a pour effet que d'intensifier mon mal, au point que je ne peux même plus m'appuyer sur ma jambe.

— Jeune fille, tu m'entends ?

Ça recommence, quelqu'un m'appelle, mais j'ignore d'où provient cette voix lointaine. Plus elle devient audible, plus j'ai le sentiment de me désolidariser de mon corps qui devient alors tout à coup très lourd.

— Si tu m'entends, ne t'inquiète pas, on va s'occuper de toi.

Puis, après cette étrange menace, plus rien, plus un bruit, si ce n'est celui des vagues causées par le mouvement des péniches sur l'eau. Étrangement, la souffrance ressentie quelques minutes auparavant s'est complètement dissipée et au même moment, je distingue, à ma gauche, une silhouette. Je m'en approche prudemment ;

c'est un vieil homme aux cheveux blancs, courts, avec une barbe taillée courte et blanche également. Celui-ci me paraît sympathique, alors, d'un pas assuré, j'avance rapidement vers lui. Au fur et à mesure que la distance entre nous diminue, je perçois des bribes de ses paroles... il est pourtant seul.

— Demain, dès l'aube, à l'heure où blanchit la campagne,[4]...

Je tente un « bonjour », mais il poursuit son monologue sans même me prêter attention :

— Je partirai[1]...

Je profite de la pause qu'il fait pour essayer de faire connaissance.

— Ah oui ! Où ? Moi aussi j'aimerais bien aller très loin. Vous attendez une péniche ?

Comme il reprend, je me réjouis à l'idée qu'il va enfin me répondre :

— Vois-tu, je sais que tu m'attends[1], lance-t-il, le regard au loin, comme pour scruter au-delà de l'Oise.

J'avoue qu'à ce moment, je ne sais plus comment réagir. Il me paraît quand même un tantinet étrange. Interloquée par son attitude, je l'écoute poursuivre :

— J'irai par la forêt, j'irai par la montagne[1]...

[4] Extrait du poème « Demain, dès l'aube » que Victor Hugo écrivit à sa fille décédée, Léopoldine, dans « Pauca Meae », partie des *Contemplations*, 1856.

De façon éhontée, je l'interromps pour rire bruyamment et lui rétorque brusquement en me moquant :

— Heu... la montagne, ce n'est pas la porte à côté, vous savez !

Mais, face à son visage devenu soudain si triste, je me ravise et cesse de l'importuner. Profitant du silence à nouveau retrouvé, il achève ainsi ce que je comprends être un monologue :

— Je ne puis demeurer loin de toi plus longtemps[1]...

Ses yeux s'emplissent de larmes au moment où son regard vient s'accrocher au mien. Je reste stupéfaite, la bouche ouverte quand il s'adresse enfin à moi :

— Es-tu là depuis longtemps ?

Gênée d'avoir écouté des paroles intimes, je décide de dire la vérité :

— Assez oui.

Le silence, soudain pesant, nous fige dans cet instant où aucun de nous ne sait comment rebondir. Son malaise est aussi palpable que le mien, la situation devient embarrassante...Je prends mon courage à deux mains et feignant d'être toute joyeuse, je brise la glace :

— Vous récitiez un poème ? Je crois que je le connais ! J'aime beaucoup la poésie, vous savez ?

— Non, je parlais à ma fille, Léopoldine[5],

---

[5] Léopoldine est la fille de Victor Hugo, morte, noyée, lors une virée sur la Seine : son embarcation s'est retournée, elle s'est cramponnée au canot sous l'eau, son mari, Charles, a essayé de la secourir à plusieurs reprises, mais elle n'a jamais lâché le

face à l'océan...

J'éclate de rire à cause de sa blague, on ne me l'avait jamais faite celle-là.

> — Hum... l'océan ? C'est juste l'Oise, vous savez, une petite rivière.

Comme il me fixe de ses yeux bleus, abasourdi, j'explique que j'ai compris sa blague. Du moins, je croyais, car visiblement il est dans son monde, il ne plaisante pas. Mieux vaut ne pas le contrarier davantage, son désespoir est bien réel. Il faut dorénavant que je réfléchisse à deux fois avant d'ouvrir la bouche ! Je m'éclaircis la voix comme si j'avais un chat dans la gorge et j'essaie de me rattraper :

> — Léopoldine, vous dites ? Elle est donc sur un autre continent ?

> — Elle a disparu... dans la Seine... lors d'une promenade en canot, peine-t-il à articuler.

Je réalise subitement le drame qui le frappe, la mort de sa fille ; je fais surtout le lien avec Victor Hugo, célèbre écrivain, notamment, poète du XIXe siècle. Il a effectivement perdu sa fille, qui avait fait naufrage en compagnie de son mari. Notre professeur de français nous avait raconté que Victor Hugo l'avait appris par les journaux quand il était en voyage avec sa maîtresse. Cela a dû être un choc terrible pour lui de découvrir le drame dans ces circonstances. Un bruit strident me rappelle à la réalité et amène

canot, de ce fait Charles s'est laissé mourir avec elle sous l'eau.

mon compagnon à s'approcher tout près de la rive.

— Attention, dis-je en le retenant par la manche de sa veste, vous risquez de tomber.

— J'entends un appel dans les flots, Léopoldine a entendu mes paroles.

Je le tire par le bras pour le ramener doucement en arrière, puis je lui explique qu'il ne s'agit que de la sirène annonçant la pause méridienne du mercredi. Le laissant à sa déception, je replonge dans mon raisonnement : je tiens le bras de Victor Hugo, ce n'est pas un sosie cette fois, et quelques heures plus tôt je discutais avec Molière... ? On se joue de moi ? Il semblerait que je croise des auteurs, des écrivains en tous genres qui n'appartiennent pas à mon époque. Mais dans quelle dimension suis-je ? Si le choc de l'accident m'avait rendue marteau ? Ou bien, je fais un rêve ? Oui, ça doit être ça, je rêve, mais j'ai conscience que je rêve. Ne paniquons pas. Voyons... je me réveillerai de toute façon, on se réveille toujours de ses rêves, alors autant en profiter. Ce n'est pas si désagréable. Puis quand je sortirai de mon songe, j'aurai des comptes à rendre à papa, ça sera nettement moins sympa. Mon nouvel ami me sort de ma rêverie :

— Comment t'appelles-tu petite chose ? m'interroge-t-il avec douceur.

— « Petite chose » !?

— Je vois bien tes haillons, n'aie pas honte. Aurais-tu faim ? Je peux t'aider.

Je n'y crois pas, mon jean déchiré, pourtant très à la mode, lui laisse à penser que je suis une mendiante. Évidemment, il est dans mon rêve, le pauvre, il ne connaît pas notre époque. Par ma faute, ce monsieur, déjà fragilisé par le deuil, a atterri dans ce qui correspond au futur dans son cas et se retrouve très perturbé à cause de moi !

— Je suis Aurielle.

— Où sont tes parents Aurielle ?

Il n'est sans doute qu'une illusion; or il sait toucher la corde sensible. J'omets volontairement de parler de maman.

— Heu... c'est un peu compliqué. J'ai commis une faute... (J'essaie de bien parler pour qu'il me comprenne et qu'il arrête de me prendre pour un être nécessiteux.)... alors, j'ai fui mon père...

— Oh ! Crains-tu un châtiment[6] ? me coupe-t-il, comme anxieux pour moi.

Je ris.

— Mais non ! Papa n'est pas si sévère. C'est juste que je crains de l'avoir terriblement déçu. Je n'ose plus affronter son regard.

Il soupire profondément, toujours de cet air triste qui me le rend si appréciable. Il relève mon

[6] Un châtiment est une punition, mais c'est aussi une des œuvres poétiques que Victor Hugo écrivit : *Les Châtiments*,1853.

menton de son index et en plongeant ses yeux-océan dans mes yeux « mordorés[7] » comme dit papa, les paroles qu'il prononce m'interpellent :

— Je comprends. Toutefois, je n'ose imaginer combien ton père est désespéré de ne pas te voir retourner au logis. Avoir le sentiment d'avoir perdu sa fille, ignorer où la retrouver est un supplice face auquel la mort semble bien douce ; je ne le souhaite à aucun père.

Sa douleur est si perceptible qu'elle fait écho dans mon cœur et provoque en moi un énorme chagrin. Je comprends qu'il s'identifie à mon père de par son expérience. Ce qu'il m'apprend m'ébranle tellement que je ressens comme un vertige, je vacille, j'ai la sensation qu'on me soulève d'un seul coup, c'est alors que j'entends au loin des sirènes... la police peut-être ? Une ambulance ? Le son devient strident. Je panique. Et si on me cherchait ?

— Jeune fille, m'entends-tu ? Nous allons t'emmener pour t'ausculter.

Je cherche aux alentours ce plaisantin de Molière qui semble de retour pour répéter de nouveau sa petite farce, mais ne trouve personne qui semble s'adresser à moi, si ce n'est Victor qui continue d'observer « l'océan ».

— Ton papa va arriver, reprend cette voix qui semble venir tout droit de mon imagination.

— Elle s'appelle Aurielle, renchérit une autre

---

[7] Mordoré : couleur mélangeant le marron et le vert.

voix qui m'est également familière sans que je puisse l'identifier.

Oh non, je vais me faire gronder ! Je n'ai pas encore mis au point ma défense. Mais quelle idée, aussi, de venir ici, sur « notre » lieu de pique-nique préféré, c'est certain que papa pensera à venir m'y chercher. Il faut que je me sauve. La voix se fait toute déformée et m'effraie, elle résonne en tremblotant :

— Reviens avec nous Aurielle !

Mais qui se moque ainsi de moi ? La voix s'éloigne et ralentit, comme quand ma veilleuse n'a plus de piles la nuit ; bientôt elle ne forme plus aucun son. À ce moment, j'ai la sensation que quelque chose gonfle autour de mon bras pour faire pression par saccades, comme si...

— Aurielle, où vas-tu ? me crie quelqu'un.

C'était donc lui, mon nouvel ami, Victor Hugo qui me serrait le bras si fort pour me rattraper au moment où j'allais m'enfuir ? Apeurée, paniquée, je me délivre de son emprise et je m'échappe en courant vers le centre-ville pour trouver un endroit où me cacher le temps de réfléchir et de mettre mes idées au clair.

Errance et mauvaises surprises.

Soudain, il tombe des trombes d'eau à tel point que je ne vois plus ce qui se passe à cinq mètres devant moi. La pluie cingle mon visage et mes épaules, il faut que je trouve un endroit où m'abriter. Je cours à toute allure pour rejoindre la rue piétonne et dès que je l'atteins, je m'engouffre dans la première boutique de vêtements qui se présente sur mon chemin. Mon entrée a dû être brusque, car elle est très remarquée. La vendeuse toute pomponnée et tirée à quatre épingles me regarde d'un œil de pigeon, par-dessus son col Claudine. Un peu gênée, je fais mine de m'intéresser à un petit chemisier en dentelle. Tout en le détaillant, mon regard tombe sur mon jean troué au genou et mon pull oversize. Le contraste avec ce chemisier impeccable à soixante-dix euros est si flagrant qu'il déclenche en moi un fou rire irrépressible. Je n'ai pourtant pas le cœur à rire, je viens d'abandonner ce Victor, qui, même s'il ne se trouve finalement que dans ma tête, avait besoin de réconfort. La vendeuse et la cliente « bon chic, bon genre » se retournent agacées, je sens bien que si je ne détale pas rapidement d'ici, on me sortira par la force. Si j'avais pu imaginer tout ce qui m'arriverait aujourd'hui, j'aurais sans doute mis ma belle robe verte que l'on avait achetée en double avec maman dans deux tailles différentes pour pouvoir les porter en même temps ! J'adorais ces jours où cette tenue faisait ressortir notre ressemblance en mettant en valeur nos chevelures rousses et nos silhouettes fines, nous ne manquions pas alors de nous faire complimenter. J'attendais le moment où une voisine nous dirait : « Décidément Aurielle est le portrait craché de sa mère ! » Chaque fois, face à ce genre de réflexions, une grande fierté s'emparait de moi. C'est pourquoi à ce moment précis, je repense à l'élégance de maman quand elle marchait. Préférant garder mon libre arbitre, je soigne ma sortie en redressant la tête et en empruntant une démarche assurée pour quitter dignement ce magasin.

À peine ai-je refermé la porte de la devanture pour me retrouver dans la rue, que la pluie m'attaque de nouveau, s'infiltrant dans ma nuque, dans mon dos. Je commence à avoir très froid et les deux minutes au sec, que je pourrais voler dans chaque boutique, ne suffiront pas à me sécher. Je réfléchis, je me concentre pour trouver une solution, un refuge qui me permettrait de me réchauffer. Je ne peux pas décemment me rendre dans un café, ni même une sandwicherie, il faudrait que je consomme quelque chose et il me reste trop peu d'argent pour penser à le gaspiller. Le souvenir de cette bibliothèque, nichée au fond d'une allée dallée, me revient si subitement en mémoire qu'on pourrait presque voir une ampoule s'illuminer à côté de mon cerveau pour signifier ma brillante idée. Je poursuis donc ma course qui me mène au seuil des portes vitrées coulissantes de cet édifice, où j'allais souvent avec l'école. Je m'arrête un instant devant ce bâtiment qui ressemble à une ancienne église modernisée. L'énorme verrière qui me fait face semble disposée à m'accueillir, elle m'a toujours fait penser à l'entrée d'une serre, d'une boutique, peut-être d'un musée, mais assurément pas à celle d'une bibliothèque étant donné sa modernité. Il faudrait faire le tour de la bâtisse par la gauche pour pouvoir lire les lettres illuminées sur la vieille pierre : « Bibliothèque Saint-Corneille ».

En toute logique, après avoir rencontré Molière, Victor Hugo ... c'est le lieu idéal pour faire la connaissance de Pierre Corneille, fameux auteur de pièces de théâtre. Je pourrais enfin lui demander si les rumeurs qui circulent sur son compte sont fondées, ça lui ferait une bonne leçon à la prof de français si je lui apportais la preuve que c'est bien lui qui a écrit la majorité des pièces de théâtre attribuées à Molière ! Je jubile, rien que d'y penser. Et puisque la vie se joue de moi ces derniers temps, il devrait essayer de me faire la morale sur le dilemme « cornélien » qui me taraude[8]. Mais, oui, vous savez bien, ce fameux « dilemme cornélien » qu'a inventé Corneille[9], c'est le choix difficile et impossible que doit faire le héros face à une

---

[8] Tarauder : au sens figuré : tourmenter sans cesse au point de faire souffrir.

[9] Corneille : auteur de pièces de théâtre du XVIIe siècle, très célèbre, pour ses tragédies.

situation dans laquelle aucun choix ne semble être le bon. Je me souviens que nous avons étudié une de ses pièces cette année, *Le Cid*[10], dans laquelle aucun des choix proposés au héros n'est envisageable : Rodrigue ne peut pas se marier avec Chimène, dont le père a humilié le sien, mais il n'arrive pas non plus à se résigner à tuer le père de son amante pour venger son propre père ; pourtant il doit se décider, alors il tue le père de Chimène, mais peinera à garder l'amour de sa maîtresse et à obtenir son pardon. Ce cours m'avait passionnée, non pas parce que mon professeur de français était intéressant, mais parce que Rodrigue me faisait vraiment de la peine à se retrouver enchaîné à une telle décision.

Trêve de réflexions, allons donc faire les présentations avec ce monsieur Corneille ! Hum, une fois les portes refermées, me voici dans un lieu sec, bien chaud, avec une bonne odeur de livres. Je gravis les quelques marches qui me conduisent à l'accueil. Mes vêtements gouttent de partout et quand je marche, l'eau qui imbibe mes chaussettes clapote sous mes pieds, produisant un bruit qui ne passe pas inaperçu dans un lieu si calme. À voir le regard de la bibliothécaire derrière le bureau, sur ma droite, en train de me détailler des pieds à la tête, mon entrée est plutôt réussie. Je n'ai plus le choix, je dois me montrer intéressée si je veux rester assez longtemps pour ressortir sèche. Je m'avance

---

[10] Fameuse tragi-comédie de Pierre Corneille : sorte de tragédie qui finit bien.

donc vers le bureau :

— Bonjour madame, dis-je d'un ton enjoué.

— Jeune fille, rétorque-t-elle en se replongeant dans son travail.

La première étape est passée, on ne m'a pas refoulée. Je lis rapidement les indications à l'entrée pour m'orienter, aucune information concernant le théâtre. Je me souviens qu'avec mon professeur de français de sixième nous avions travaillé longuement sur un projet théâtral pour lequel nous nous rendions chaque fois au deuxième étage de cette énorme bibliothèque. Je m'exécute donc et emprunte les escaliers, déserts à ce moment. Cela m'enchante, car je peux marcher à ma guise, sans me tenir sur la pointe des pieds ; le bruit des clapotis ne gêne personne ici et m'amuse beaucoup ! J'en profite donc pour bien claquer les pieds.

Avant d'enclencher la poignée qui me fera franchir l'espace documentation, je prends une grande inspiration et m'apprête à faire le moins de bruit possible. C'était sans compter le grincement de la porte ! La documentaliste, en charge de cet espace, se tient derrière son bureau, surprise par mon arrivée, car elle a relevé la tête et m'observe, intriguée, sans doute à cause de mes vêtements et de mes cheveux dégoulinants d'eau. Je m'approche donc d'elle pour éviter qu'elle me surveille ensuite dans tous mes déplacements et tenter un premier contact pour la rassurer.

Je me racle la gorge pour éclaircir ma voix et paraître la plus sérieuse possible :

— Hum... Bonjour madame, je cherche Corneille s'il vous plaît.

Je me dis qu'elle doit bien savoir à quoi il ressemble et que, s'il traîne par ici, elle l'aura sûrement remarqué. Sans relever la tête ni paraître déconcertée par ma question, preuve qu'il est un habitué des lieux, elle m'informe :

— Vous le trouverez dans l'espace théâtre, au fond à droite, dernière travée, dans le rayon littérature.

— Merci madame.

Je jubile que cela soit si facile et me précipite dans la direction indiquée. Je déambule dans les allées sans remarquer aucun homme à l'allure d'auteur. Je ne vois pas d'autre option que de l'appeler en chuchotant :

— Houhou , Corneille ? Où êtes-vous ?

À mon grand désarroi, je n'obtiens aucune réponse et ce n'est pas ce jeune homme, genre premier de la classe, accroupi devant les livres de poésie, qui m'aidera à le trouver ; il semble d'ailleurs me prendre pour une folle ... ou peut-être que je le dérange, car après m'avoir fustigé d'un mauvais regard, il part se réfugier dans l'espace de travail. Il s'assoit dans une espèce de box et me tourne enfin le dos. J'avance de quelques pas vers le fond de la rangée de livres et réitère mon appel un peu plus fort :

— Monsieur Corneille...heu... Pierre, où vous cachez-vous ?

J'ai visiblement attiré l'attention de

quelqu'un qui arrive à grands pas vers moi, j'entends des talons se rapprocher rapidement. Malheureusement, ce n'est pas la personne espérée. La bibliothécaire s'empresse de me gronder :

— Tu es dans un lieu de travail et non dans un hall de gare ! Ce n'est pas en appelant l'auteur que le livre te tombera entre les mains, rugit-elle en m'attirant vers une étagère.

— Pardon, dis-je, confuse, prenant subitement conscience de mon attitude étrange.

— Quelle pièce de théâtre cherches-tu ? s'enquiert-elle en se radoucissant.

Prise au dépourvu, je réplique par ce qui me passe par la tête :

— Ben, heu, il est question d'un dilemme cornélien.

— Cela ne m'avance guère, pouffe-t-elle, chacun des personnages de Corneille se retrouve face à ce dilemme d'où le nom de dilemme « cornélien ».

Ma seule préoccupation du moment est de savoir à quelle sauce je serai mangée par papa. En guise de déception à lui infliger, je peux désormais ajouter à mon premier mauvais bulletin scolaire cet accident du matin. Pensive, je lui suggère ce qui convient le mieux à ma réflexion du moment :

— Le héros doit choisir entre pardonner ou

condamner celui qui a commis une erreur...

Ses yeux s'écarquillent comme si elle essayait de déceler quelque chose en moi et d'une voix apaisante, en me confiant un exemplaire entre les mains, elle conclut :

- Cette lecture conviendra tout à fait.

Mes yeux se posent sur le titre du livre : *Cinna*[11]. Bien que ce nom résonne en moi comme un terme familier, je ne vois pas bien de quoi traite cette œuvre. Je lui emboîte donc le pas jusqu'à son ordinateur, décidée à emprunter le livre et à filer pour ne pas attirer davantage l'attention. Après l'avoir saluée poliment, je glisse l'ouvrage dans mon sac à dos. Dévalant les escaliers, j'arrive au premier étage ; mes yeux glissent machinalement vers le panneau d'entrée d'une salle que j'ai souvent occupée avec mes parents : « Espace jeunesse ». Je décide de m'y faufiler, j'entrebâille la porte, passe la tête pour vérifier s'il n'y a pas trop de monde. C'est une chance, la grande pièce est déserte, même la bibliothécaire est absente. J'en profite donc pour me rendre sur les tapis de lecture destinés aux plus petits, puis je m'assieds confortablement sur les fauteuils en mousse que nous accaparions avec maman à chacune de nos visites. Je me souviens parfaitement de ces samedis matin en famille à la bibliothèque. C'était un rituel auquel maman tenait tout particulièrement pour me

---

[11] Cinna est le personnage d'une pièce (*Cinna*, 1643) dans laquelle il doit choisir entre condamner à mort ceux qui l'ont trahi ou bien leur pardonner et apparaître comme un souverain clément.

transmettre le « goût des livres », cela a remarquablement bien fonctionné. Nous arrivions ensemble, mais papa, féru d'histoire et fin stratège, guettait toujours le moment où il pourrait discrètement s'éclipser, échappant à notre surveillance, pour se lancer à la recherche d'un nouveau livre paru. Cela énervait surtout maman qui lui reprochait de ne pas s'intéresser à mon éducation littéraire. Pourtant je n'en étais pas offensée, au contraire je m'adonnais avec plaisir à l'écoute des belles histoires que me faisait découvrir ma mère, dans un moment de merveilleuse complicité. De plus, je m'amusais ensuite avec maman à la « chasse au papa ». Ce dernier trouvait toujours une cachette différente pour lire tranquillement ; maman surgissait alors, lui enlevant le livre des mains et le taquinant avec des remarques telles que : « Ça va, on ne dérange pas trop monsieur ? ». Tandis qu'elle tapait le sol du pied pour lui signifier son impatience, il excellait dans l'art de jouer les innocents et s'étonnait d'être parti si longtemps. Que de bons moments passés ici !

Avant de laisser derrière moi cette bibliothèque, j'en profite pour me rendre aux toilettes et je reste cinq minutes, peut-être dix sous la chaleur chaude et réconfortante du sèche-mains. Tout y passe : les cheveux, les épaules, les cuisses. Quelques minutes plus tard, je passe les portes coulissantes de l'entrée ; me voici au contact de l'air frais du dehors. Je constate que ma peau me brûle et que je suis plus sèche qu'à mon arrivée. La pluie a cessé et le soleil joue à cache-cache avec les nuages, désormais blancs ; cela suffira à parfaire mon séchage. Déçue de ne pas avoir rencontré un autre auteur, ma solitude me pèse. Je pense à papa, ce qui me conduit à penser à maman qui me manque atrocement. Saisie d'un étourdissement, je fais quelques pas pour m'éloigner de la bibliothèque et me soutiens d'une main contre un jeune arbre. Une voix lointaine qui se veut réconfortante m'interpelle soudain :

— Je suis le docteur Molaire. Ton papa sera bientôt là, en attendant on va prendre soin de toi.

Toujours pas de trace de mon ami Molière, pourtant cette voix semble bien être la sienne. Cette phrase, rassurante en apparence, n'a pas l'effet escompté et fait subitement ressurgir en moi mes angoisses. Si je continue à fréquenter les lieux que connaît mon père, il me trouvera avant que je puisse préparer ma défense. Inévitablement, je ressens le besoin de me rendre dans un endroit calme, un endroit qui me ferait penser à maman, la seule capable de me conseiller dans un moment pareil. Je grimpe donc dans le premier bus bleu sur la ligne qui dessert la clinique de la ville. Heureusement, à Compiègne ce réseau de transports est gratuit, car ce n'est pas avec ce que j'ai en poche que je pourrais me permettre de tels voyages.

Une fois confortablement assise et ma tête posée contre la vitre, je profite de la douce chaleur des rayons du soleil qui me caressent le visage et du bercement du bus pour me reposer de la fatigue de ces dernières heures intenses. J'ai mis en place mes écouteurs, et, pendant que la voix de la chanteuse Louane remplit mes oreilles de : *« qu'est-ce que tu dirais si t'étais là »*, j'observe le paysage défiler tout en pensant aux moments de complicité partagés avec maman. Au septième arrêt, je descends machinalement ; je marche, tel un automate, le long de la coulée verte pour rejoindre l'entrée du parc municipal de Bayser. Les biscuits avalés tout à l'heure sont déjà digérés, j'ai faim, je suis fatiguée, j'ai besoin de réconfort alors je me dirige instinctivement vers la petite maison pour enfants, dans cet espace de jeux de l'enclos vert. Le parc est désert, ce qui n'est pas étonnant vu l'averse qui vient de nous surprendre. Le toboggan que j'ai dû emprunter une centaine de fois, sous l'œil attentif et attendri de maman, est encore couvert de gouttelettes d'eau. Nostalgique de ces années où je n'avais qu'à penser à comment m'amuser, je touche le bois de la maison. Je tourne la tête pour regarder derrière mon épaule et je vois le banc marron où s'asseyait maman, mais il est vide cette fois. Tout en laissant ma main caresser la structure de jeu en bois, j'en fais le tour ; mes doigts effleurent les prises d'escalade, je devine le crapaud vert et le chat dont la couleur rouge est passée ; ces prises m'ont maintes fois hissée en haut de cet édifice. Je me réfugie sous la maison où est caché un petit banc pour enfant ; j'adorais jouer aux cailloux ici, maman me grondait à chaque fois, je l'entends encore :

— Laisse ces cailloux, Aurielle, c'est sale !

Mes yeux s'emplissent de larmes qui refusent de couler. J'ai mal dans la gorge à cause de cette boule m'empêchant de déglutir. J'observe les planches de ma minuscule cachette et je retrouve ce petit cœur dessiné à la craie. Petite, alors que je commençais à peine à déchiffrer les signes qui m'entouraient, j'avais demandé à maman :

— C'est quoi ces lettres ?

Elle avait esquissé un sourire :

— C'est un cœur, ma chérie.

— C'est qui qu'a fait le cœur ? lui avais-je alors demandé avec mes grands yeux ronds, avides d'apprendre.

— C'est quelqu'un qui aimait tellement sa petite princesse qu'il a voulu que tout le monde le sache et que ça ne s'efface jamais, avait-elle répondu en me chatouillant.

— Toi aussi alors tu vas faire un cœur pour moi, maman d'amour ? Moi aussi, je suis ta princesse ?

Elle avait rigolé de son éclat de rire si particulier et avait ajouté :

— Où que tu sois, ma princesse, chaque fois que tu verras un cœur, même si ce n'est pas moi qui l'ai dessiné, tu pourras penser bien fort que je t'aime, car tous les cœurs du monde ne suffiraient pas à exprimer combien je t'adore.

Rassurée et enthousiaste, j'avais surenchéri à

ma façon :

— Moi, je t'aime plus que le chocolat, me ravisant très vite de peur de devoir à l'avenir lui céder mes confiseries préférées.

Depuis ce jour, tous les cœurs que je trouve sur mon chemin me rappellent ce lien indéfectible qui nous unissait. Toutefois, celui-ci est spécial ; j'en caresse les contours du bout des doigts comme pour ranimer quelque chose. Une idée saugrenue me vole un sourire, je file à l'assaut du château bleu, ce que je n'ai pas fait depuis cinq ans au moins. Je me présente devant l'escalier surplombé de chaque côté par un éléphant jaune et un hippopotame rouge, j'accède aux six marches, je pose mes pieds sur les deux premières dont le bois est lisse. Plus déterminée que jamais, je grimpe les quatre suivantes aux motifs en losanges pour accéder au toboggan si familier ! Je m'assois sur cette surface lisse et miroitante, qui me renvoie une image toute déformée de mon visage, et, sans prévenir, je me laisse glisser en imaginant très fort que maman sera en bas pour me rattraper. Bien sûr, tout ne se passe pas comme prévu, d'abord, vous l'avez deviné : elle ne m'attend pas à l'arrivée ; ensuite, je n'arrive pas à glisser, car l'assise est trop mouillée et tout ce que j'arrive à faire, c'est d'y rester collée. Déconfite, les fesses trempées, je reste prostrée, collée en bas de la descente que j'ai réussi à atteindre à force de me dandiner sur le toboggan. Lasse, ne trouvant plus aucun sens à ce que je fais, j'ai envie de pleurer, mais mes larmes sont devenues mes pires ennemies, elles restent coincées sous mes paupières, me brûlent les yeux. C'est alors que je sens sur mes genoux deux poids chauds qui se posent, c'est agréable. Je n'ose lever la tête, de peur que cette sensation si douce et familière ne s'envole.

— Moi aussi, je t'aime plus que le chocolat !

Cette intonation pleine de bonne humeur, c'est celle de maman. Pourtant, je persiste à rester immobile, comme pétrifiée dans cette sensation réconfortante et inattendue. Je crains que tout ne s'arrête, que mon rêve ne s'évanouisse, si bien que je n'ose plus respirer. Je parviens, d'une voix étranglée, à articuler :

— Tu... me manques... plus loin que la lune... maman.

J'entends son éclat de rire qui me répond :

— Dans tous les cœurs dessinés que tu croiseras sur ta route, je suis présente et te crie que je t'aime.

Alors, je relève la tête et je découvre enfin son visage, tout comme dans mes souvenirs. Elle prend soudain son air faussement sévère pour me réprimander :

— Retrouve ton père ! Il est triste, tout seul, et moi je me sens si démunie là-haut à vous observer chagrinés chacun de votre côté. C'est ensemble que vous apprendrez à vivre sans moi et c'est ensemble que vous sentirez le plus ma présence pour vous consoler.

Comme à son habitude, elle tourne ce qui me

tourmente en dérision :

— Comment voulez-vous que je veille sur vous si vous vous trouvez si loin l'un de l'autre ?

Je sens que ma bouche lui sourit, j'aimerais la prendre dans mes bras, l'embrasser, mais ses mains sur mes genoux se font plus légères ; elle s'évapore, elle m'échappe encore une fois pour toujours. Le réconfort d'un instant reprend la forme d'une plaie à vif qui ne cicatrise pas. Toutefois, elle a raison, j'ai besoin de retrouver papa.

Maintenant remotivée, je ramasse à la hâte mon sac par terre, me relève brusquement. Animée d'un regain d'énergie, je cours aussi vite que possible en direction de notre appartement. Chaque minute d'entêtement dans cette fugue me paraît désormais une folie. J'expliquerai tout cela à papa, il comprendra. Puis je repense à Victor Hugo, rencontré ce midi, il savait de quoi il parlait quand il affirmait que papa devait souffrir de ne pas savoir où je suis. Loin de moi, pourtant, l'idée de le faire souffrir ! Encore une fois, j'ai tellement douté de moi, j'ai été mon seul juge, le moins clément, je n'ai pas envisagé que papa pourrait m'écouter, me comprendre, me pardonner. Ces idées émergent si vite que je ne me rends pas compte à quel point je cours vite et qu'au lieu de prendre le bus, j'ai remonté toute la rue de Paris, suivie de la rue des Domeliers, ce qui m'a conduite devant le château. J'ai tourné à droite sans même m'en rendre compte et me voici déjà devant notre résidence qui me semble, d'un coup, si haute, si imposante, voire si inhospitalière. À bout de souffle, paralysée par un point de côté, je courbe l'échine, les mains sur les genoux, pour retrouver mon calme ; mais l'angoisse d'affronter mon père accélère mon rythme cardiaque. J'ai le sentiment que mon corps ne m'obéit plus, ma course folle fait ressurgir cette douleur au genou, oubliée depuis l'accident. Je sens qu'on me serre très fort la rotule, mon souffle en est coupé. La tête me tourne, tout est confus. Un bip se fait entendre, est-ce le vacarme des battements de mon cœur qui fait tout ce tapage dans ma tête ? Puis, enfin, c'est une bulle d'oxygène qui se pose sur mon nez : j'ai besoin d'air, de beaucoup d'air, et je peux enfin respirer profondément. Je retrouve mes esprits et cherche en vain dans mes poches, dans mon sac, les clés de la porte d'acier de la résidence. Aucune trace d'elles, je les aurais sans doute perdues quand la voiture m'a renversée. Tant pis, je sonne chez Mme Levain, la concierge, elle sera ravie de me voir et comme d'habitude me proposera de partager avec elle un bon chocolat chaud pour attendre le retour de papa. Cette fois, j'accepterai avec plaisir cet encas pour contenter mon estomac qui n'en finit plus de gronder. Sa voix douce me demande :

— Oui, c'est qui ?

Je souris à l'idée de lui faire notre plaisanterie habituelle :

— Le Petit Prince qui veut qu'on lui dessine un mouton.

— Quoi ? Allez jouer ailleurs, petits

plaisantins !

Surprise qu'elle ne comprenne pas notre « code », pourtant mis en place depuis des années, je me reprends vite.

— Heu, non, Mme Levain, attendez... c'est Aurielle !

— Aurielle ? Connais pas !

Est-elle tombée sur la tête ? Ou bien c'est un signe annonciateur d'un Alzheimer? Au même moment, je suis étourdie par la sensation étrange d'une fuite en avant, l'impression d'être transportée à une vitesse impressionnante. Je suis quelque peu angoissée, car ma vision est perturbée : la luminosité n'est pas stable, j'ai comme des flashs de lumière, comme si j'étais allongée et que le plafonnier au-dessus de moi s'éteignait puis se rallumait à intervalles réguliers. Cette angoisse fait vite place à un sentiment de réconfort, je crois qu'on me tient la main, que quelqu'un pose sa main sur mon épaule et que la destination vers laquelle on me conduit si vite me soulagera. Cela me donne des ailes.

— Ben oui enfin, Aurielle, du troisième étage, je vis avec mon papa.

— Je ne connais pas d'Aurielle et au troisième étage vit mon amie, Mme Lintrus, s'agace celle qui est d'habitude ma confidente.

L'interphone s'éteint, ma chère Mme Levain ne va pas bien aujourd'hui. Je fouille dans mon sac afin de trouver mon téléphone pour appeler directement papa, cette fuite a assez duré. J'ai beau chercher, nulle trace du portable. Mince, c'est vrai ! Il a été complètement détruit par la voiture qui m'a fauchée. Plus aucun moyen de communiquer ! Je n'ai pas d'autre choix que d'aller trouver papa à son travail. Cette fois, je décide de rester raisonnable et de m'y rendre à un rythme plus décent.

J'emprunte mon parcours journalier tout en dalles, en prenant soin de ne pas me tordre la cheville. Arrivée au portail du collège où papa travaille et où je suis moi-même inscrite, je sonne à l'interphone et je baisse la tête, car je sais que la dame de la loge ne manquera pas de regarder son écran et de m'apercevoir, or j'ai honte de l'incident du matin. Tout le collège a dû en parler et doit en savoir plus que moi sur les dégâts que j'ai causés. Un « allo » grésillant retentit et interrompt ma rêverie.

— Bonjour madame, je suis Aurielle De Haulm , je suis élève ici et je voudrais voir mon père qui est enseignant au collège, dis-je poliment.

— Je ne connais pas de monsieur De Haulm ici, jeune fille ; j'appelle le CPE.

J'attends devant le portillon vert un long moment, semblable à une éternité, quand soudain j'entends un pas pressé venir à ma rencontre. Je ne perçois pas l'identité de la silhouette au loin, que je devine être celle d'un homme. Assez grand, mince, on dirait bien mon père qui arrive. Allons, vite vite, que vais-je lui dire ? Comment lui expliquer ? Je baisse les yeux et regarde mes baskets pour ne pas avoir à supporter trop tôt son regard. « Papa, je vais tout t'expliquer, ce n'était pas ma faute ». Non, trop facile, bien sûr que c'était de ma faute ! « Papa, je ne sais pas ce qu'il m'a pris, je ne pouvais plus gérer ma colère, j'ai eu besoin de sortir du collège, et là... »

— Bonjour mademoiselle ? m'interpelle une voix qui ne ressemble pas à celle de mon père.

Je relève la tête et me retrouve face à un homme certes grand et plutôt mince, mais pas très accueillant de prime abord, plutôt dégarni, un homme qui n'est autre que le CPE.

— Bonjour monsieur Lambert, je voudrais parler à mon père, c'est assez urgent, lui dis-je en priant fort pour qu'il ne soit pas encore au courant de l'incident du matin.

— Comment t'appelles-tu et qui est ton père ? me questionne-t-il.

Je suis ahurie qu'il ne se souvienne pas de moi alors qu'il me voit arriver tous les matins. Le collège n'est pourtant pas si grand pour lui permettre d'oublier ainsi une élève inscrite depuis deux ans, et dont le père officie comme professeur dans le même établissement.

— Aurielle De Haulm, mon père est Thierry De Haulm, il est professeur d'histoire-géographie ici.

— Es-tu bien certaine d'être au bon endroit ? Je ne t'ai jamais vue ici et je ne connais aucun professeur de ce nom en ces lieux, me renvoie-t-il en soulevant son sourcil gauche comme pour souligner le fait qu'il me trouve dérangée.

— Heu... collège Ferdinand Bac...

J'ai répondu cela en lisant le panneau à l'entrée comme pour me rassurer, tout en bégayant, l'esprit de plus en plus confus. Je crois percevoir, à ce moment, dans son regard comme une frayeur, un vif étonnement ; c'est certain, il va appeler la police ou le service psychiatrique des urgences si je ne me sauve pas vite. Je ruse alors et conclus cet entretien qui devient gênant :

— Ah! excusez-moi; c'est vrai, il devait faire un remplacement dans votre établissement, mais son ordre de mission a changé, effectivement. Désolée pour le dérangement.

Je fais mine de partir, quand cet homme, tout à coup bienveillant, me rattrape par l'épaule et me demande si tout va bien ; j'entends une nuance d'inquiétude dans le ton employé. Je le rassure en prenant un air convaincu et un grand sourire puis je lui tourne le dos et file en courant pour éviter qu'il lui prenne l'envie de me rattraper.

C'est un véritable cauchemar ! On m'a volé ma vie ! Comment monsieur Lambert, le CPE, ne peut-il même pas se souvenir de mon visage alors que je le salue tous les matins en passant la grille ? C'est comme si mon père avait totalement disparu de la surface de la Terre, personne ne se souvient donc de lui ?   J'ai la sensation de ne plus exister. C'est comme si mon âme était dans un autre corps que le mien. Je me sens si seule et démunie que je ne sais plus quoi faire, qui voir, où aller. Je suis perdue dans ma vie. Et si l'accident du matin m'avait donné un coup à la tête ? Si je ne savais plus qui j'étais ? Après tout, je sens bien de temps en temps des douleurs, de la confusion, des étourdissements. J'ai l'impression d'entendre des voix ! Et où sont-ils ces personnages que je rencontre et qui me font penser à des auteurs ? Où sont-ils ces guides qui me conseillent depuis le début ? J'ai envie de taper dans tout ce qui se trouve sur ma route, des poubelles, des voitures, mais je me raisonne aussitôt. Me faire remarquer et me retrouver au poste de police ne serait pas l'idée la plus judicieuse du jour. J'essaie de me calmer, je repense aux conseils de maman :

— Aurielle, détends-toi, respire à fond avec le ventre. Allez, on gonfle le ventre pour inspirer et on creuse le ventre pour expirer.

Je mime cette respiration tout en y repensant, et je me sens soulagée de constater que cet exercice fonctionne toujours aussi bien. Ma maman était décidément un génie, elle me manque si fort... elle aurait pu attendre un peu tout de même avant de m'abandonner, attendre que je sois plus grande, plus intelligente, comme elle.

Les idées désormais plus claires, je ne vois qu'une solution pour comprendre ce qui m'arrive vraiment : trouver Baptiste, mon premier ami, mon ami de toujours. Certes, nous nous sommes éloignés ces derniers temps, cependant, depuis l'école maternelle, nous avons tout partagé ensemble ; il me comprenait si bien et a été le témoin de ma vie tout ce temps. Comment en sommes-nous arrivés à nous éviter ? Je ne parviens pas à identifier clairement l'élément déclencheur. Me remémorant tout cela, je me dirige machinalement vers son domicile. Baptiste habite non loin du collège, il me suffit de remonter la rue jusqu'au café puis de tourner à droite. Il me reste alors à gravir cette longue ligne droite jusqu'à sa résidence. Je me souviens qu'autrefois j'adorais courir le long de cette rue pour le rejoindre chez lui ou pour me rendre avec maman à la librairie, située dans les parages.

Aujourd'hui, mon pas est ralenti, j'appréhende de me retrouver face à lui. Depuis que maman m'a quittée, je me rends compte que j'ai changé : je me suis réfugiée dans une coquille que j'ai moi-même construite, comme une armure face au monde extérieur. Malheureusement, j'ai aussi dressé mon bouclier contre Baptiste, ne lui permettant plus de faire partie de ma bulle. J'ai peur qu'il ne comprenne pas mon brusque revirement, pire qu'il ne me pardonne pas. Les murs qui défilent le long de mon bras gauche me semblent de plus en plus gris. Quand j'arrive devant sa résidence, cette façade de verre noir dans laquelle j'aimais me mirer et me recoiffer autrefois, ce bloc miroitant, paraît même me repousser. Froid et hostile, il me fait douter de ma démarche. Pourtant il faut que j'en aie le cœur net. Je connais le code d'accès, je compose donc les quatre chiffres qui me permettent de franchir la porte de la résidence et entreprends la montée des marches jusqu'au deuxième étage. À cette heure, je sais qu'il est chez lui, car le jeudi nous finissons les cours à midi. Mon cœur joue au ping-pong dans ma poitrine, j'ai des fourmis dans la jambe droite, comme si on venait de me la remettre en place, si bien que je peine à m'appuyer dessus. Je sonne. La porte s'ouvre et à la vue de Baptiste, subitement, j'ai froid, je me sens nue comme si on venait de m'ôter mon armure et que, seule, une couche de vêtements ne m'habillait plus tout à fait. Baptiste me regarde d'un œil interrogateur, je n'ai plus le choix, je me lance et m'adresse à lui d'abord confusément puis avec une certaine assurance :

— Bonjour, Baptiste... je suis... ma venue doit te sembler étrange... laisse-moi t'expliquer. Je sais que ces derniers temps, je n'étais plus moi-même ; je n'arrivais plus à te parler. Disons que ma vie a été quelque peu bouleversée et que je n'ai pas su gérer. Au lieu de m'appuyer sur toi, je t'ai rejeté, j'ai eu parfois des paroles blessantes à ton égard, car j'étais en colère, mais pas contre toi Baptiste...

— Was ? No entiendo. I'm surprised to see you here[12], me répond-il, les yeux écarquillés, tout en se passant la main dans les cheveux.

---

[12] Plusieurs langues se mêlent ici : « Was » est de l'allemand, et signifie « Quoi », « No entiendo » en espagnol signifie « Je ne comprends pas » et « I'm surprised to see you here » en anglais veut dire « Je suis surpris de te voir ici ».

Je n'ai rien compris de ce qu'il m'a dit, il utilise un langage que je ne parviens pas à traduire. Je l'interroge, pas très sûre de moi.

— Euh... que dis-tu ? Tu me reconnais ?

— Warum are you talking like this to me ? You are very strange last time[13], continue-t-il.

Je reconnais bien ici quelques mots d'anglais, d'allemand, mais je ne parviens pas à trouver le sens de l'ensemble. Je n'étais pourtant pas trop mauvaise en langues vivantes; or, à présent, mon cerveau semble si empâté que chaque effort de réflexion me coûte.

— Aurielle, je m'appelle Aurielle, tu te souviens ?

À l'évocation de mon prénom, il sourit, il me reconnaît enfin !

— Natürlich, sé que te llamas Aurielle ! Geht's dich nicht gut ?[14], lance-t-il en rigolant.

Mais qu'a-t-il bien pu me dire ? Je ne peux être que désespérée, la seule personne qui pouvait encore m'apporter un semblant de réconfort est incompréhensible pour moi. Je me demande même s'il ne se moque pas délibérément de ma personne pour se venger de mon attitude à son égard. J'ai le sentiment que nous ne pouvons plus nous comprendre et que cela se matérialise par cette barrière subite de la

---

[13] Mélange d'allemand et d'anglais : « Pourquoi me parles-tu de cette manière ? Tu es vraiment bizarre ces derniers temps ».

[14] Mélange d'allemand et d'espagnol : « Évidemment je sais que tu t'appelles Aurielle ! Tu vas bien ? »

langue entre nous. Le sol se dérobe une nouvelle fois sous mes pieds. Je décide de ne pas m'infliger ce supplice plus longtemps et comme toujours je fuis, déboulant dans l'escalier, avalant les marches quatre à quatre. Je sors en trombe du bâtiment et fais ce que je sais faire de mieux ces dernières heures : je cours. Je file à ce rythme jusqu'à ce que je tourne au bout de la rue, puis je marche tel un automate ne sachant où mes pieds me conduiront.

Mon seul refuge désormais reste le parc du château, mon corps s'en approche, comme attiré par un aimant ; je longe le muret qui l'entoure tout en priant très fort pour y retrouver le sosie de Molière.

—4—
Au parc des merveilles.

J'arrive au parc, les yeux embués d'un écran de larmes figées, si bien que le gardien me dévisage, ce qui est assez rassurant quand on y pense bien, car cela prouve qu'on me remarque, je suis donc bien vivante. Si mes relations sociales semblent compliquées en ce moment, mon existence n'est pas pour autant remise en cause, je ne suis donc pas encore un fantôme, comme on peut le voir dans certains livres tels que *Si c'était vrai* de Marc Lévy, dans lequel l'héroïne est une projection de son esprit que seul l'autre protagoniste peut voir et entendre. Pour ma part, tout le monde me voit sauf que les seuls qui parviennent à communiquer avec moi, ce sont des étrangers. Les personnes qui me sont les plus chères me sont inaccessibles.

Essayant de résoudre cette énigme, en la retournant dans tous les sens dans ma tête, j'avance lentement vers le château par l'allée principale. C'est là que j'aperçois un petit lapin blanc, tout mignon ; il s'arrête en m'entendant, relève la tête, dresse les oreilles, m'observe un instant puis court se réfugier dans les buissons. Très imaginative, je pense alors que son attitude était une invitation à le suivre, et, telle l'héroïne de *Alice au pays des merveilles*, je cours pour le rattraper. Ce petit animal me fait sourire et me met du baume au cœur. Mais voilà que je ne le vois plus ! Je m'arrête et scrute scrupuleusement mon environnement ; à force de concentration, je devine sa présence aux bruissements que je perçois dans les fourrés[15]. Il y a un écriteau, bien en évidence, qui stipule : « Ne pas marcher sur la pelouse », cela m'empêche de rejoindre ce petit intrigant dans les arbustes. Le gardien n'est pas très loin et je renonce à me faire remarquer une deuxième fois dans la même journée ; cela dit, je ramasse une pomme de pin au sol et discrètement la jette dans la petite habitation de cette touffe de poils blanche. L'effet recherché ne se fait pas attendre, mon nouvel ami sort de sa cachette en faisant de petits bonds tout en zigzaguant. Je le suis prestement afin de me rapprocher de la seule présence qui s'inquiète de ma compagnie. Il me fait courir et, loin du gardien désormais, j'emprunte les pelouses pour ne pas qu'il me sème de nouveau. Peine perdue puisqu'il m'abandonne au pied de l'escalier qui conduit sur le parvis arrière du château. Je monte donc les marches en direction de la petite place, bordée de statues de pierre en tous genres, tout en me demandant ce que je vais faire à

---

[15] Massifs de petits arbustes touffus.

présent. Je suis plantée là, debout sur le sol gravillonné, au beau milieu d'une sorte de terrasse localisée sur le côté droit du château. Quatre colonnes, surmontées de volutes, se dressent devant moi, séparées par trois médaillons qui encerclent un « N » majuscule, trace du passage de Napoléon dans les parages, je crois. En fait, j'ai toujours apprécié la vue de ce château sans jamais vraiment m'intéresser à son histoire. Je fais volte-face à la recherche d'un banc, il s'en trouve deux derrière moi; j'approche pour m'asseoir, mais je suis attirée par une des statues qui représente un énorme lion. Il domine tout le parc comme s'il montait la garde. Allez savoir pourquoi, ce lion me rassure, m'attire si bien qu'en quelques pas je le frôle déjà ; puis quand je cale ma main sur sa patte et m'adosse au muret, je me sens apaisée.

J'ai besoin de me poser quelques instants, j'ai « les membres comme verrouillés » pour imiter ce que disait souvent ma maman. À cet instant, je comprends mieux ce qu'elle entendait par là. Mes jambes sont lourdes et raides et plus particulièrement la droite, j'ai du mal à plier le genou aussi facilement que d'habitude. Cette sensation est vraiment désagréable, mon corps me paraît peser une tonne. Alors que d'une main je m'appuie sur le lion et que de l'autre je me masse le genou, quelqu'un s'adresse soudain à moi :

— Un géant, n'est-ce pas ce lion ?

Je lui réponds naturellement comme si je le connaissais, c'est si doux quand autrui s'intéresse à vous :

— Disons que je puise un peu de sa force, j'ai des crampes dans les jambes et je me sens bien lasse.

— « Bien lasse »…, reprend cet étranger songeur.

Puis il se met à me parler dans un jargon incompréhensible :

— Mens sana in corpore sano[16] !

Voilà, ça recommence comme avec Baptiste, il me parle dans une langue qui m'est inconnue. Décidément, je n'ai donc pas le droit d'avoir des relations sociales ? Ma mauvaise humeur l'emporte cette fois :

— Hein ? Je ne parle pas votre langue ! dis-je comme pour clore une conversation que je n'ai plus envie de poursuivre.

— Il faut revenir aux sources jeune fille.

Ce conseil teinté de reproches est pour moi une douce caresse, il me comprend donc et je peux aussi saisir le sens de ses paroles. Je le laisse continuer, savourant le doux flot de ses

[16] Vient du Latin et signifie « une tête saine dans un corps sain ».

mots :

— Je disais en latin, notre langue d'origine, un esprit sain dans un corps sain, c'est la condition pour bien se sentir. Votre éducation doit manquer d'équilibre, il faudra en parler à Ponocrates.

— À qui ?

— Ponocrates[17], celui qui se charge de l'éducation de Gargantua, voyons ! me réplique cet inconnu comme si c'était une évidence.

— Au fait, comment vous appelez-vous ? Moi, c'est Aurielle !

Je lui pose cette question avec un grand sourire affable pour dissiper mon malaise de ne pas comprendre de qui il me parle, je ne veux pas gâcher ce moment.

— Aurielle... répète-t-il, concentré. Quel drôle de prénom ! Je me nomme Alcofribas Nasier. Vous me voyez enchanté Au-rielle de faire votre connaissance.

Je ne peux m'empêcher de pouffer de rire à l'évocation de son prénom, pensant vraiment à une plaisanterie, ce qui m'amène à le taquiner :

— Et vous dites que c'est moi qui ai un drôle

---

[17] Ponocrates est le précepteur de Gargantua, le géant dont François Rabelais raconte les aventures dans son livre *Gargantua*, il lui livre un enseignement humaniste dont le principe est l'équilibre entre le corps et l'esprit ; selon lui nous devons cultiver notre corps autant que notre esprit.

de prénom ?

Tout gêné, il tente de s'expliquer :

— À vrai dire, c'est une anagramme ; en ce moment, j'utilise plutôt ma vraie identité. Il s'agit de François Rabelais, les gens préfèrent par ici.

« Rabelais », tiens donc ! C'est reparti, il semblerait que mes amis les auteurs soient de retour. Quoique je ne vais pas m'en plaindre, c'est bien mieux que de se sentir seule et abandonnée. J'ai cette impression grisante de délirer, mais au moins ça me distrait.

— C'est quoi une « anagramme » ?

Je lui demande cela, car je ne supporte pas de ne pas comprendre ce qu'on me dit.

— Une anagramme, c'est quand on inverse l'ordre des lettres pour faire un autre mot. Par exemple, « arbre » devient « barre ».

— Je préfère votre vrai nom alors, François. Bon, revenons à nos moutons, que me conseillez-vous pour mon équilibre donc ?

Je le presse un peu, mais c'est que je me doute que sa présence ne sera qu'éphémère et je veux pouvoir profiter de tous les conseils qu'il semble disposé à me prodiguer. Il écarquille les yeux, et comme satisfait, il rétorque :

— « Revenons à nos moutons », quelle expression singulière, bien récente, s'amuse cet érudit.

— Heu... récente... je pense qu'elle est assez ancienne quand même, ce n'est pas vraiment un effet de mode.

Je me moque à peine, ce qui le conduit à m'éclairer sur ce nouveau point. Il a décidément l'âme d'un professeur.

— Cette expression n'a pas un siècle, reprend-il, j'ai eu le plaisir de la découvrir dans La Farce de Maître Pathelin[18], très divertissante d'ailleurs, qui date de neuf années précédant ma naissance, soit en 1485. C'était lors du procès d'un berger accusé d'avoir volé des moutons à un drapier. Toutefois, le drapier, escroqué aussi par Maître Pathelin, l'avocat du berger, se met à accuser Pathelin de lui avoir volé des draps. Il commence alors à mélanger les deux histoires et le juge, présidant le procès, ne comprenant plus rien à cette affaire leur demande de revenir à leurs moutons, à savoir l'origine du procès ! Désormais, cette expression signifie reprendre le sujet d'une conversation duquel on aurait dérivé, m'avise gentiment François.

Tout ce qu'il me raconte trouve un écho en moi et j'ai l'étrange intuition, que vous avez sans doute déjà ressentie, de déjà vu, de déjà entendu. Alors que je cherche au tréfonds de mon esprit les raisons de ce sentiment, François reprend comme s'il voulait se faire mon précepteur :

18 Œuvre théâtrale d'un auteur anonyme, publiée vers 1485.

— J'ai par ailleurs repris cette image des moutons à mon compte, souhaitant la détourner. Considérez que Panurge est le compagnon de route de Pantagruel, un bon gros géant...

Alors qu'il installe son récit, je me demande si je ne connais pas déjà ce Pantagruel dont il parle, mais je me concentre de nouveau sur le récit qu'il m'en fait :

— ... pendant qu'ils embarquent sur un navire, il survient une altercation entre Panurge et un commerçant. La raison en est que ce dernier, Dindenault s'est vivement moqué de l'accoutrement de Panurge. Toutefois, cela n'empêche pas Panurge de faire affaire avec ce marchand et de vouloir lui acheter un mouton. Or l'affaire ne se conclut pas de façon si aisée, car le marchand propose un prix surélevé, prétextant que ce mouton appartient à la race du bélier à la toison d'or, ce qui lui confèrerait des propriétés hors du commun. Panurge, qui est très rusé, accepte la transaction puis s'empresse de jeter le mouton à l'eau.

Là-dessus, François s'interrompt, pris d'un fou rire, que je ne peux partager vu que je ne vois pas en quoi cela est comique. Ce geste ne se résume qu'à un gros gaspillage inutile ! Interloqué, que je ne rie pas, François m'exhorte à me laisser aller :

— Ne te fais donc pas prier, rire est le propre

de l'homme[19] !

— C'est que je ne comprends pas en quoi c'est comique.

Je lui ai répondu sans même réfléchir, ce qui le pousse à la réflexion :

— Aurais-je oublié un détail ? Aurais-je mal expliqué la chute ? monologue-t-il, d'un air effaré.

Je reste silencieuse, ce qui l'invite à m'expliquer :

— Eh bien! le premier mouton ayant terminé à l'eau, le reste du troupeau s'y précipite également. Panurge s'est ainsi pleinement vengé d'un bonimenteur qui, voulant le duper, se retrouve finalement sans aucune marchandise ! D'autant plus que Dindenault et ses disciples finissent eux-mêmes dans l'eau en essayant d'arrêter le troupeau[20].

Je comprends subitement l'origine de la fameuse expression : « suivre comme un mouton », lorsque l'on suit aveuglément quelqu'un sans raisonner et mon visage doit s'éclairer, car François retrouve le sourire.

— Je pense alors que Dylan est un des

[19] Citation célèbre de Rabelais que l'on retrouve dans *L'Avis aux lecteurs* ouvrant son œuvre *Gargantua* en 1534.

[20] Épisode que l'on retrouve dans le chapitre VIII du *Quart Livre*, 1552, dernière œuvre de Rabelais.

moutons de Panurge...

J'ai réfléchi à voix haute et, à la mine de François qui me dévisage, je devine qu'il souhaite que je m'explique, ce que je fais bien volontiers :

— En fait, l'an dernier, j'étais une excellente élève, sans vouloir me vanter. Les professeurs m'appréciaient beaucoup et reconnaissaient mes efforts; par contre, certains élèves de ma classe me chahutaient en m'insultant de : « fayotte », « d'intello » quand ils restaient corrects...

Mon cher Rabelais plisse les yeux comme s'il ne comprenait pas ce que je disais, peut-être que ce genre d'insultes n'existait pas dans son époque. Je me corrige donc pour ne pas le laisser dans le flou.

— Bref, ils me reprochaient d'avoir de bons résultats.

Il se gratte la tête. Mais qu'est-ce qu'il ne comprend pas maintenant ? Je fais une pause pour lui laisser le temps de réfléchir un peu ; c'est là qu'il se décide enfin à s'exprimer :

— Je ne parviens pas à saisir le raisonnement de ces individus! En quoi vouloir être érudit est-il condamnable ? Au contraire, c'est l'ignorance qui est mère de tous les maux[21],

---

[21] « L'ignorance est mère de tous les maux » : célèbre citation de François Rabelais, extraite du chapitre VII du *Cinquième livre*,1564.

ceux qui sont privés de connaissance sont aussi privés d'autonomie et nécessitent en toutes choses l'assistance d'autrui. Détenir la connaissance c'est être libre de pouvoir agir seul.

Je ne sais pas quoi répondre à mon ami, ce qu'il atteste est tout à fait logique, mais ceux qui manquent de connaissance n'ont justement pas ce type de raisonnement, je décide alors de poursuivre ma petite histoire :

— Certes, mais heureusement, je savais les remettre à leur place. Dylan est un mauvais élève de la classe et il était bien content de pouvoir suivre le mouvement quand il s'agissait de me faire payer le fait d'être si studieuse. Puis... j'ai perdu une personne importante pour moi, cela m'a beaucoup perturbée et je n'étais plus capable de rester concentrée en classe. Immanquablement, mes notes ont chuté et de première de la classe, je me suis retrouvée dans les dernières ; cette fois, ce sont certains bons élèves qui ont commencé à se moquer; et ce fameux Dylan, qui a si peu de personnalité, a encore une fois suivi le mouvement sans même réfléchir de quoi il se moquait. Il s'est joint à leurs railleries !

— Quel idiot ! ne peut s'empêcher de commenter François.

— Oui vraiment, d'autant qu'en se moquant de moi en tant que mauvaise élève, il ne se rend même pas compte qu'il se moque de lui-même puisqu'il est resté bien plus mauvais que moi !

— Effectivement, il aurait trouvé sa place parmi les moutons de Panurge, plaisante mon interlocuteur, très intéressé par mon anecdote.

— En parlant de moutons, pouvons-nous revenir aux nôtres et expliquez-moi, s'il vous plaît, comment me libérer de mes douleurs ?

Je dis cela en souriant, comme un clin d'œil à mon interlocuteur qui s'empresse de reprendre sa leçon.

— Ne suis qu'une doctrine : fais ce que tu voudras[22] ! conclut-il.

Un peu en colère face à ce conseil simplissime alors que j'attendais une recette miraculeuse, je m'exclame :

— C'est ça votre précieux conseil ? En quoi ça peut m'aider à soulager mes douleurs, régler mes problèmes ?

Comme pour suspendre ma colère naissante, il m'interrompt et s'explique :

— J'ai confiance en la nature humaine, en sa bonté, et le secret c'est de mener une vie saine en accord avec la nature. Suis l'exemple de Pantagruel et vis sans contraintes, juste dans la

---

[22] C'est la devise de l'Abbaye de Thélème que l'on découvre dans le chapitre LXVII de *Gargantua*, selon laquelle les hommes instruits ont par nature l'instinct de faire le bien, ainsi il faut leur faire confiance et se faire confiance.

joie. Chie quand tu en as envie, pisse quand tu le souhaites, mange à loisir, cultive ton esprit en cultivant tout autant ton corps, suis et respecte ta nature et tout ira bien.

Choquée de l'entendre s'exprimer de la sorte, aussi vulgairement, j'écarquille les yeux, ce qui le fait poursuivre en ces termes :

— Le naturel de mon langage t'offense, n'est-ce pas ? C'est aussi l'effet que je fais aux sorbonistes[23] ! Ils ne comprennent pas mon œuvre, cherchent derrière le rire que je cherche à produire et mes moqueries, quelques doctrines sérieuses...

Il pouffe alors de rire, se tient les côtes, mais essaie de reprendre son sérieux pour poursuivre :

— Ils s'imaginent donc que j'ai glissé dans ces livres un sens plus transcendant, comme le ferait tout bon humaniste[24], et s'offusquent que je ne les guide pas pour trouver ce sens. Il convient parfois de trouver la substantifique moelle[25] dans les bouffonneries que j'écris, mais

---

[23] Diplômés de la Sorbonne (université encore existante à Paris) qui adoptent les points de vue qu'on y enseigne.

[24] Rabelais suite aux foudres des gens de la Sorbonne qui condamnent le peu de sérieux derrière le rire, présente son deuxième roman *Pantagruel* en suggérant un deuxième niveau de lecture qu'il faudrait trouver.

[25] La moelle est la substance molle et grasse cachée au cœur des os et par extension c'est le sens caché que le lecteur doit

d'autres fois ne pouvons-nous donc pas nous contenter de badinages[26] ?

Évidemment, je n'ai pas tout saisi de ce galimatias ; ce monsieur, bien que très intéressant, est aussi très (voire trop) érudit pour moi. J'ai quand même compris quelques mots, ainsi je compte bien sortir mon épingle du jeu :

— « Humaniste », cela me parle. Il s'agit bien de ceux qui pensent qu'il faut revenir aux écrits de l'Antiquité ?

— Assurément. Chut ! J'entends du bruit, s'inquiète mon interlocuteur dont le visage tout à coup grimaçant suggère qu'il se sent traqué.

— C'est normal, nous sommes dans un jardin public et il y a du passage. De qui avez-vous peur ?

Je m'enquiers de cela, car il me semble dans une situation similaire à la mienne. Il craint d'être retrouvé apparemment.

— Pour sûr, j'ai écrit quelques drôleries qui me valent présentement quelques condamnations du parlement, si bien que je me

---

trouver dans un livre. Rabelais a rendu célèbre la métaphore « substantifique moelle » en invitant le lecteur à comprendre ce qu'il y avait de cacher entre les lignes : « C'est pourquoi [il] faut ouvrir le livre et soigneusement peser ce que y est déduit [...] puis, par curieuse leçon et méditation fréquente, rompre l'os et sucer la substantifique moelle. » (Prologue de *Gargantua*, 1534)

[26] Niaiseries, sottises.

veux discret et tente de me faire oublier.

Voulant rassurer mon compagnon qui semble aussi angoissé que moi à l'idée d'être retrouvé et démasqué, je regarde derrière moi pour identifier d'où vient ce bruit qui l'inquiète. Ce n'est rien d'autre que celui des pas d'un couple qui se promène en contrebas. Mais au même instant, je sens quelque chose me chatouiller près de ma main, toujours posée sur la patte de la statue du lion. Je pose mon regard sur mes doigts et voici que je trouve entre les pattes du roi des animaux, ce petit lapin que j'avais poursuivi dans le parc. Je m'exclame joyeusement :

— Petit coquin, tu avais donc fait exprès de m'amener ici !

Je me retourne vers ce drôle de François pour lui raconter mon aventure précédente, cette course folle derrière le lapin, mais en lieu et place de celui-ci, je trouve un homme, qui me scrute, affublé d'une perruque toute frisée, un peu comme mon ami Molière. Furieuse d'être une nouvelle fois dessaisie de mon compagnon alors même que je prenais plaisir à cette conversation enrichissante, je fustige :

— Oh non pas encore !

— Vous me réservez un accueil bien particulier, jeune fille, ironise cet étranger.

— Pardonnez-moi, monsieur, c'est que j'ai le sentiment que tout le monde me fuit. À peine ai-je le temps de commencer une conversation intéressante avec quelqu'un qu'il disparaît et m'abandonne à mon sort, sans me donner l'enseignement que j'attends.

— Pensez-vous réellement que l'on vous fuit ou bien est-ce vous qui fuyez votre vie inconsciemment ?

Sa question me laisse sans voix, elle m'agace et je trouve qu'il ne manque pas de toupet de se montrer aussi indiscret. Cela m'amène quand même à refaire rapidement le film de ces dernières heures et à réfléchir à haute voix.

— Il s'avère effectivement que j'ai fui mon collège, j'ai ensuite causé un accident et j'ai fui pour ne pas avoir à assumer mon acte ; toute la journée, j'ai fui les lieux où mon père pouvait se trouver craignant trop sa colère.

Je fais une pause, stupéfiée par mon propre comportement, je ne me reconnais plus ! Je poursuis plus lentement, comme de plus en plus scandalisée par mes réactions.

— J'ai rencontré un monsieur au bord de l'Oise ; il me faisait tellement penser à mon père par sa souffrance qu'alors même que cela me donnait l'envie de retrouver mon papa, j'ai couru en sens inverse, agitée par la peur. Je suis alors entrée à la bibliothèque Saint-Corneille, et n'y suis pas restée, car... car ce lieu était trop familier.

Je lève alors les yeux vers cet étranger, et, horrifiée, je poursuis :

— J'ai ensuite passé mon temps à chercher mon père et comme s'il me fuyait lui-même, je ne l'ai pas trouvé ; puis face à Baptiste, mon meilleur ami, j'ai encore fait marche arrière, car il ne me comprenait pas.

Mon désarroi est si grand qu'il semble émouvoir ce grand monsieur bouclé qui ne paraît pas le moins du monde surpris par mes propos décousus. Celui-ci, comme pour dédramatiser cette situation qui m'assomme tout à coup, avance de quelques pas et vient caresser près de moi le lapin blanc qui n'a pas bougé depuis que cet homme s'est présenté.

— Je pourrais détourner votre chagrin en vous racontant une jolie histoire d'amitié entre ce lion et ce lapin, mais je ne peux résister à l'envie de vous narrer une petite anecdote qui me revient en mémoire. Voulez-vous l'entendre ?

J'acquiesce, soulagée de pouvoir interrompre ce flot d'idées et de questionnements qui m'oppresse. Cette nouvelle rencontre, que je n'ai pas encore identifiée, si tant est que ce soit un nouvel auteur se lance alors dans sa petite histoire. Il prend une voix posée qui m'entraîne dans l'univers qu'il me propose, comme si l'action se déroulait sous mes yeux :

    — Un Père eut pour toute lignée
Un fils qu'il aima trop, jusques à consulter
Sur le sort de sa géniture[27]
Les Diseurs de bonne aventure[28].
Un de ces gens lui dit, que des Lions surtout
Il éloignât l'enfant jusques à certain âge :
Jusqu'à vingt ans, point davantage.

    — Oh ! mais... le père croyait vraiment ce que pouvait dire un médium ? dis-je en le coupant, ne sachant pas écouter une histoire sans donner mon avis à tous moments.

Mon interlocuteur, interrompu dans son élan, reste figé, la bouche ouverte, puis hoche la tête et me reprend :

    — Un diseur de bonne aventure... Puis-je poursuivre ? me demande-t-il, visiblement un peu fâché d'avoir été stoppé.

J'acquiesce d'un mouvement de la tête et me concentre à nouveau sur ses paroles :

    —   Le Père pour venir à bout
D'une précaution sur qui roulait[29] la vie
De celui qu'il aimait, défendit que jamais

---

[27] Sa progéniture.

[28] Les médiums, les voyants.

[29] Dépendait.

On lui laissât passer le seuil de son palais.
Il pouvait sans sortir contenter son envie,
Avec ses compagnons tout le jour badiner,
Sauter, courir, se promener.
Quand il fut en l'âge où la chasse
Plaît le plus aux jeunes esprits,
Cet exercice avec mépris
Lui fut dépeint ; mais, quoi qu'on fasse,
Propos, conseil, enseignement,
Rien ne change un tempérament...

— Ne jamais pouvoir sortir de chez soi, le pauvre ! Il était prisonnier à cause d'un horoscope !

Émue par cette histoire, je ne me suis pas rendu compte que je venais une nouvelle fois d'interrompre le récit. À l'expression de mon narrateur, je comprends qu'il n'est pas content, ce qu'il me fait savoir :

— Jeune fille, souhaitez-vous connaître la suite ? Je peux, tout autant, abréger cette narration.

— Non, non désolée. C'est que justement cela m'intéresse beaucoup. Donc le père interdit à son fils de sortir du château de peur qu'il ne meure à cause d'un lion, qui sans doute le mangerait ; ce que lui a prédit un médium... euh... un diseur de bonne aventure.

Je souris pour l'exhorter à continuer, ce qu'il fait sans trop se faire prier :

— Le jeune homme, inquiet[30], ardent, plein
de courage,
À peine se sentit des bouillons[31] d'un tel
âge,
Qu'il soupira pour ce plaisir.
Plus l'obstacle était grand, plus fort fut le
désir.

J'allais une nouvelle fois faire une remarque,
je présage en effet que ce jeune garçon est trop
passionné et plein de vie et que fatalement il va
rencontrer ce lion, mais je me ravise vite, de peur
d'être privée de la fin du récit :

— Il savait le sujet des fatales défenses ;
Et comme ce logis plein de magnificences
Abondait partout en tableaux,
Et que la laine[32] et les pinceaux
Traçaient[33] de tous côtés chasses et
paysages,
En cet endroit des animaux,
En cet autre des personnages,
Le jeune homme s'émut, voyant peint un
Lion.
Ah ! monstre, cria-t-il, c'est toi qui me fais

---

vivre

Dans l'ombre et dans les fers[34]. À ces mots, il se livre

Aux transports violents de l'indignation,

Porte le poing sur l'innocente bête.

Sous la tapisserie un clou se rencontra.

Ce clou le blesse ; il pénétra

Jusqu'aux ressorts de l'âme ; et cette chère tête

Pour qui l'art d'Esculape[35] en vain fit ce qu'il put,

Dut sa perte à ces soins qu'on prit pour son salut.[36]

M'assurant que le récit est terminé, je prends enfin la parole, n'en pouvant plus de me taire !

— Drôle d'histoire, effectivement. Finalement, ce père a voulu sauvegarder son fils de la menace annoncée en la lui faisant fuir, pourtant le danger n'a pas été écarté. Même si ce n'est pas un vrai lion qui l'a tué, c'est à cause de la peinture de ce lion qu'il est mort ! J'ai le sentiment que vous me racontez cette histoire pour que je prenne conscience que je ne dois pas fuir, car ce qui doit arriver se produira.

— Est-ce cela que vous comprenez de ce

---

[34] Emprisonné.

[35] Dieu des médecins.

[36] Extrait de la fable *L'Horoscope* de Jean de la Fontaine.

récit ? me demande-t-il espiègle.

Je réfléchis un long moment :

— S'il s'avère que tout ce que je fuis n'est pas évitable, peut-être vaut-il mieux que j'affronte ce qui me fait peur, peut-être que cela me permettra d'avancer plus vite ? Ce père aurait davantage profité de son fils et aurait pu partager ses passions avec lui au lieu de l'enfermer et de s'en priver. Si je comprends bien, je perds mon temps à fuir ? Je passe à côté de moments de bonheur ? Je ne vis pas quand je fuis ?

Au moment où toutes ces questions se bousculent dans mon esprit, je réalise que j'ai partagé mon raisonnement avec mon interlocuteur qui m'observe, intéressé visiblement par ma conclusion, qu'il vient résumer efficacement par des mots bien assortis :

— On rencontre sa destinée
Souvent par des chemins qu'on prend
pour l'éviter.[37]

— Pourquoi ne pas me dire simplement et directement ce que vous me conseillez et pourquoi raconter une histoire ?

Je lui ai fait ce reproche sans même m'en rendre compte, preuve que je commence à fatiguer et que je ne contrôle plus tout ce qui sort

---

[37] Morale du début de la fable *L'Horoscope.*

de ma bouche.

— Une morale nue apporte de l'ennui [38], jeune fille. Vous ne l'auriez pas si bien entendue et je n'aurais pas pu corriger vos défauts aussi efficacement si je vous avais fait un sermon. En outre, je déteste la contrainte, il vaut mieux tirer soi-même les leçons de nos expériences ou de celles d'autrui.

— Pourquoi me raconter une histoire sur des animaux et non pas avec une petite fille qui me ressemblerait ?

— Je me sers d'animaux pour instruire les hommes. Ils sont d'ailleurs souvent plus humains que les hommes eux-mêmes[39], ajoute-t-il en songeant.

Bizarrement, ce qu'il m'explique me rappelle vaguement des souvenirs de cours sur la fable, notre professeur en sixième nous avait accompagnés dans l'étude des Fables de La Fontaine. J'ai bien l'impression qu'il se trouve désormais face à moi, alors profitons-en.

— Oui, en fait, vous utilisez la personnification : vous faites vivre les animaux en leur attribuant des caractéristiques humaines ? Ainsi on se reconnaît, mais on est

[38] Vers extrait de la fable 2 du livre IV des Fables *Le Lion et le chasseur*,1668.

[39] Extrait des *Fables*, *Dédicace au Dauphin* (publication entre 1668 et 1694)

moins vexé par le miroir qui nous est tendu de nous-mêmes ?

— « Per-so-nni-fi-ca-tion » ? Ce terme convient tout à fait à mon procédé. Comme vous êtes clairvoyante, jeune fille! me complimente-t-il.

— Maintenant que vous m'en expliquez le fonctionnement, vos fables me font penser à une chanson du moment. Je ne me souviens ni du chanteur ni de l'air, mais le titre est « *Dommage* », connaissez-vous ?

À peine ai-je posé la question que je rougis de son absurdité. Bien entendu qu'il ne peut pas la connaître s'il s'agit de Jean de La Fontaine, comme je le pense, il n'est pas du tout de mon siècle. Je me demande même s'ils avaient des chanteurs à l'époque.

— Point du tout ! reprend-il, sûr de lui.

— Il s'agit en fait d'une succession de plusieurs petites histoires de vie, tristes ou dramatiques à cause d'une mauvaise décision. Par exemple, on retrouve un jeune homme qui attend l'amour de sa vie, il reste dans son canapé à déprimer quand ses amis veulent l'emmener à une soirée et c'est justement à cette soirée qu'il aurait rencontré cette fille. Dans ce cas, on ne peut que se dire: « Ah, c'est dommage », alors que la personne « aurait dû faire autrement ». À la fin de la chanson, le chanteur donne aussi la morale : « Vaut mieux vivre avec des remords qu'avec des regrets ».

— Je n'ai pas tout saisi, me répond-il dubitatif, puis il poursuit. Effectivement, les ressorts paraissent les mêmes, on retrouve bien le récit qui conduit à la morale. Je n'adhère toutefois pas à cet enseignement, les remords sont autant d'obstacles que les regrets. Il faut vivre dans le présent.

— Pourtant je ne peux pas m'empêcher d'avoir des remords, n'en avez-vous pas ?

— Bien sûr, mais ils ne doivent pas m'empêcher de vivre ma vie, j'apprends à me pardonner pour avancer, avoue-t-il sagement.

— Moi, je ne peux pas me pardonner certaines décisions que j'ai mal prises.

— Lesquelles, par exemple ? insiste La Fontaine.

— Voyez-vous, vous me dites de ne pas fuir et je sais que je ne dois plus fuir mon père. Finalement si je ne le trouve pas, c'est peut-être que je ne le cherche pas vraiment. Mais je ne veux pas causer encore plus de problèmes à papa, je sais que ce serait trop cette fois pour lui. Ses mots résonnent encore en moi : « Aurielle, il ne faut pas fatiguer ta mère, elle est malade. Si elle se fatigue trop, elle partira très loin et nous laissera seuls. Sois gentille, laisse-la se reposer ». J'ai fait ce que j'ai pu pour ne pas trop l'embêter, je n'ai plus mis de musique, je passais sur la pointe des pieds devant sa chambre ; mais en cachette, j'allais lui faire des câlins chaque jour, lui raconter mes petites histoires du collège. Finalement quelques semaines plus tard, ma mère était partie au ciel... je l'avais sans doute trop fatiguée. Depuis, papa ne va pas bien du tout, il pleure beaucoup, il est tout maigre.

— Que vous reprochez-vous ? D'avoir profité des derniers moments avec votre mère ? De lui avoir donné tant d'amour avant qu'elle ne s'éteigne ? me questionne adroitement ce fabuliste.

— Non, bien sûr, je suis contente de ces moments. Mais je me demande si cela n'a pas précipité sa fin, dis-je amèrement.

— Vous oubliez déjà le récit du père de ce garçon qui n'a pas profité de son fils à vouloir le faire vivre plus longtemps ! s'indigne-t-il.

— C'est vrai, maman était très malade, elle souffrait toujours plus chaque jour et même si papa me le cachait, j'avais entendu le médecin lui dire de mettre ses affaires en ordre, je comprends maintenant ce que cela signifiait.

— Sachez, jeune fille, que j'ai conclu une de mes fables s'intitulant *La mort et le bûcheron*, par la morale suivante :

— Le trépas vient tout guérir ;

Mais ne bougeons d'où nous sommes :
Plutôt souffrir que mourir,
C'est la devise des hommes.[40]

— Cette fois, j'avoue que je ne comprends pas la leçon, où est donc votre petite histoire pour l'accompagner ?

— Ah, vous vous rendez bien compte désormais qu'une morale est plus percutante si elle s'accompagne de quelque histoire bien sentie ? plaisante-t-il. Ce que je souhaite vous apprendre ici, c'est que parfois les hommes aiment tellement la vie et ceux qui les entourent qu'ils s'y accrochent désespérément, endurant maintes souffrances alors même que la mort pourrait adoucir ce supplice, les en délivrer.

— Oui c'est vrai, papa aurait tout fait pour éviter ce sort à maman.

Ces paroles m'apaisent, je me mets à songer, je me sens soudain moins torturée et pourtant je ne comprends pas bien pourquoi.

— Ah, voilà notre cher maître des eaux et forêts, célèbre, pour faire parler les animaux ! ironise une voix qui m'est familière. Je vous cherchais justement. Je me surpris à penser que vous ne viendriez peut-être pas à notre petite causerie habituelle.

---

[40] Morale de la fable 16 du livre I des Fables : *La Mort et le bûcheron*, 1668.

Ce visage qui m'est bien connu s'arrête tout à coup de parler et me scrute avec un sourire aux lèvres, comme ravi de me retrouver.

— Mais que vois-je ? Vous êtes en excellente compagnie, et je ne parle pas de votre ami le lion. Vous connaissez donc notre chère Aurielle ? De quoi dissertiez-vous ? interroge, soudain très intéressé, mon cher ami Molière qui vient une nouvelle fois m'enchanter de sa présence.

Jean s'apprête à répondre sur ce qui me tourmente quand je lui vole la politesse. La leçon que vient de me donner ce dernier suffit pour me faire prendre conscience que la fuite face aux problèmes ne fait que me ramener inéluctablement vers ce qui me fait peur. Je sais désormais que je dois affronter mes vieux démons. Alors, je me précipite sur le premier sujet apparemment assez alléchant pour les détourner tous deux de ce qui me ronge.

— C'est que je me trouve dans une situation délicate. Voyez-vous, j'ai le sentiment que quoi que je dise, nul ne me comprend, comme si je parlais une autre langue. D'ailleurs, même mes amis les plus proches utilisent, en ce moment, un langage que je ne comprends pas.

J'observe l'ami des animaux qui soulève un sourcil, il s'interroge sans doute sur la raison pour laquelle je ferme mon cœur à Molière, mais finalement il s'accommode très vite de ce secret entre nous et répond presque instantanément :

— C'est tout le drame de notre siècle, il faut savoir tordre le cou aux règles, à ce carcan que le classicisme nous impose. Adoptons le vers libre, diversifions la rime, s'enflamme Jean, passionné par ce sujet.

Au même instant, Molière se racle la gorge pour attirer l'attention de son camarade qu'il voit s'enhardir à l'idée d'une révolte poétique. D'un coup d'œil complice, il lui rappelle ma présence. La Fontaine qui est alors en plein élan, les bras levés au ciel, relâche cette tension dans ses muscles et laisse ses mains retomber le long de son corps. Il conclut alors sobrement :

— Enfin, ce que je voulais dire, c'est que pour bien parler, pour être comprise de tes pairs, contente-toi de la simplicité et de la fluidité du langage naturel, c'est le plus sûr chemin vers le sens.

— Je n'aurais pas mieux dit, cher compère, acquiesce Molière. Cela me rappelle d'ailleurs une plaisante anecdote. Imaginez un bourgeois qui voulait devenir gentilhomme...

Je remarque que notre dramaturge se met alors à sourire au souvenir de cette petite histoire qu'il s'apprête à nous conter, et je pressens alors que celle-ci va beaucoup me plaire, d'autant que vous l'avez compris, je suis très friande de petites histoires. L'éclat de rire de Jean me fait reprendre le fil du récit de Molière :

— ...il avait écrit un billet doux pour sa maîtresse, une certaine marquise, bien introduite dans le monde ; il s'agaçait de ne pas trouver une meilleure formule que la sienne pour lui ouvrir son cœur. Je l'interrogeai alors sur ce qu'il consentait à lui révéler, il déclama alors sa déclaration : « Belle marquise, vos beaux yeux me font mourir d'amour ». Mais, voyez-vous, il voulait tourner cela d'une façon bien plus galante et passionnée. Que lui auriez-vous proposé à ma place, chers amis ? nous interrogea soudain notre narrateur.

— Vous êtes, pour moi, ce que le pot de lait est à la laitière, se moque La Fontaine.

Je me mets à rire avec lui, me moquant du peu de romantisme de la déclaration, et je suggère de mon côté :

— Je vous aime plus loin que la lune.

C'est ainsi que chaque soir depuis mon plus jeune âge, je disais à ma maman que je l'aimais, c'est une formule lourde de sens et de sincérité dans mon esprit. Pourtant, à ces mots, je vois Molière et La Fontaine se regarder d'un air circonspect, ils n'ont visiblement pas compris ce que j'entends par cette déclaration. Jean hausse les épaules et fait signe à son ami de reprendre le cours de son anecdote, ce à quoi s'attelle ce dernier :

— Je lui proposai alors une tournure du type « les feux de ses yeux réduisent votre cœur en cendres », mais ce bourgeois m'interrompit pour me signifier qu'il ne voulait rien d'autre que les mots qu'il m'avait énoncés, toutefois il voulait les tourner d'une façon plus galante, juste en changeant l'ordre des mots. Imaginez ma stupeur face à sa stupidité ! Je me prêtai alors au jeu et lui donnai toutes les façons possibles de disposer les mots au sein de cette formule : « On les peut mettre, premièrement, comme vous avez dit : "Belle Marquise, vos beaux yeux me font mourir d'amour". Ou bien : "D'amour mourir me font, belle Marquise, vos beaux yeux". Ou bien : "Vos yeux beaux d'amour me font, belle Marquise, mourir". Ou bien : "Mourir vos beaux yeux, belle Marquise, d'amour me font". Ou bien : "Me font vos yeux beaux mourir, belle Marquise, d'amour." »[41]. J'épuisai ainsi toutes les absurdités possibles, pensant qu'il comprendrait le peu d'intérêt de sa demande...

— Et alors qu'a-t-il choisi ?

Eh oui, c'est moi qui interromps ainsi ce récit, car n'y tenant plus je veux en connaître la chute.

— Justement, me répond mon conteur visiblement enthousiaste à l'idée que son histoire me plaise, il me demanda de toutes ces solutions

[41] Citations extraites du *Bourgeois Gentilhomme* (1670) de Molière, II 4

laquelle était la meilleure !

Nous pouffons tous les trois de rire face à la naïveté de ce personnage. Molière conclut, non sans mal :

— Je lui expliquai donc que le plus court chemin vers le cœur de sa maîtresse était la simplicité.

À ce moment, je constate que ces deux auteurs sont vraiment très ressemblants dans leur façon de donner des leçons à partir d'histoires vécues et le leur fais remarquer. Ils s'observent un instant et j'aperçois dans leur échange de regards beaucoup de complicité, et c'est Molière qui s'explique le premier :

— Castigat ridendo mores !

— Quoi ? Je n'ai pas compris ce que vous dites.

— Ne connais-tu point le latin jeune fille ? me demande-t-il d'un air fâché.

— Eh bien, non, je n'ai pas pris cette option au collège !

Je me défends comme je peux de mon ignorance.

— Une option ? Mais le latin est le fondement de notre langue, s'exclame-t-il.

Puis se reprenant vite :

— Oui, le monde d'où tu viens est assez étrange, il est vrai que quand on porte un prénom comme le tien ... euh, enfin je veux dire que cette formule « castigat ridendo mores » est une formule latine qui signifie « corriger les mœurs par le rire ». Ces dernières années quand j'écris mes pièces, je m'applique à ce que la comédie corrige les hommes en les divertissant. Pour cela, il me faut attaquer les vices de mon siècle par des peintures ridicules afin que chacun se voyant dépeint de la sorte souhaite se corriger.[42]

— Tout comme dans mes fables, « je tâche d'y tourner le vice en ridicule »[43], reprend presque en écho La Fontaine.

Je réfléchis, très intéressée par leur conception de la vie. Ils semblent pendus à ma langue, attendant avec impatience ce que je vais répliquer, c'est alors qu'une idée fuse dans mon esprit, je ne peux la réfréner et la livre sans filtre :

— Oui, un peu comme dans les émissions de télé-réalité en fait, on observe à la télévision des filles et des garçons se crêper le chignon, ça nous fait rire, mais c'est aussi tellement ridicule qu'on parvient à réfléchir à certains défauts qu'on préfère ne pas avoir : comme le narcissisme,

---

[42] Molière annonce dans le premier placet du *Tartuffe* son intention : « *Le devoir de la comédie étant de corriger les hommes en les divertissant, j'ai cru que, dans l'emploi où je me trouve, je n'avais rien de mieux à faire que d'attaquer par des peintures ridicules les vices de mon siècle* ».

[43] Extrait de la fable 1 du livre V des *Fables*.

l'hypocrisie. Ben oui, c'est vrai, vu à la télé comme ça, c'est tellement moche. Vous êtes des génies d'y avoir pensé avant l'heure.

Alors que je termine ma tirade, complètement excitée par l'idée que je viens d'avoir, je surprends mes nouveaux amis s'interrogeant sur ce que je viens de dire. Jean parle à voix basse à Molière, pensant que je ne les entends pas et oubliant que j'ai fini d'exposer ma réflexion.

— Connaissez-vous qui tient ce salon mondain de « télé-réalité » ? Madeleine de Scudéry peut-être, ça ne peut pas être Madame de La Sablière, j'en aurais entendu parler !

— Non, je ne connais pas ce salon. Et pourquoi s'occupent-elles de leurs chignons ? Qu'y a-t-il de risible à cela ?

Alors que je prends conscience que j'ai semé le trouble dans l'esprit de mes camarades, je ressens une vive douleur au creux du bras comme une piqûre. Je crie de surprise, plus que de douleur, et remonte ma manche pour observer mon bras. Cependant, je n'y vois rien, car une nouvelle fois une lumière puissante s'introduit sous mes paupières, ce qui m'éblouit. J'ai la sensation d'être allongée alors que je me tiens bien debout. Sur l'autre bras, je sens qu'on me serre au-dessus du coude, c'est certainement Molière ou La Fontaine qui s'inquiètent de ce qui m'arrive. Toutefois, je n'arrive pas à communiquer avec eux, j'essaie de crier, d'appeler à l'aide, mais comme dans mes pires cauchemars aucun son ne sort. J'ai la sensation que je suis ailleurs ; plusieurs voix s'entremêlent et je ne distingue rien de très clair. Ce qui devrait m'effrayer me rassure au contraire, car dans cet état de confusion, d'entre-deux, je me sens apaisée avec le sentiment étrange de me sentir de plus en plus chez moi. Pourtant, comme si on ne voulait pas de moi, j'ai soudain très froid avant de me retrouver de nouveau dans ce parc en position verticale. Le temps, pour moi, de reprendre mes esprits et d'habituer de nouveau mes yeux à la lumière du soleil, je prends conscience que je suis de nouveau seule. Cela ne m'étonne même plus, c'est comme si c'était la règle du jeu ; c'est à prendre ou à laisser.

Cependant, toutes ces rencontres, bien que très instructives, m'ont beaucoup fatiguée et aussi creusé l'appétit. J'ai des problèmes à régler, mais je réfléchirai mieux le ventre plein. Avec si peu d'argent en poche pour trouver de quoi me nourrir suffisamment, il faudra que je me rende dans le supermarché du centre-ville ; pourtant je ne veux plus sortir de ce parc. C'est étrange, mais je m'y sens en paix. Il y a bien tout au fond, derrière le château, dans un endroit un peu reculé, ce salon de thé, au milieu de la roseraie, dans lequel je venais avec maman. Allons-y !

—5—
La roseraie

J'approche du *Jardin des roses*, je découvre à ma gauche la magnifique roseraie dont nous savourions la vue avec maman, quand nous venions prendre notre thé gourmand du mercredi après-midi, après avoir flâné dans le parc du château. Attirée à ma droite par la vieille bâtisse, qui renferme le salon de thé, je passe le pas de la porte. Je redécouvre la bonne odeur de pâtisserie, elle vient me chatouiller les narines et me donner l'eau à la bouche. Il faut dire qu'avec maman nous étions des gourmandes et papa l'avait bien compris, il s'adonnait pour nous à la confection de pâtisseries de son cru, pas toujours des réussites d'ailleurs ; mais nous lui faisions plaisir en les mangeant sans trop grimacer. Pourtant, il y avait une recette qu'il ne ratait jamais, la recette de notre trio, celle qu'il faisait lorsqu'il voulait que nous nous retrouvions, que nous partagions ensemble un moment de complicité et….

Je m'arrête brusquement devant le comptoir du salon de thé. Je scrute, effarée, à travers la vitrine un petit macaron rose pâle, celui-là même auquel j'étais en train de penser. Non seulement, il y ressemble comme deux gouttes d'eau, mais en plus, il arbore fièrement le nom que lui donnait papa : « Le Carpe diem ». Comment est-ce possible ? Cette recette est presque top secrète, nous la gardions jalousement et ne l'avons jamais fait découvrir à personne. Pour cause, papa a mis des mois et des mois avant de parvenir à ce subtil mélange. Il a lui-même revu les proportions des ingrédients, choisi le colorant après d'innombrables essais pour parvenir à ce beau résultat. C'était comme un trésor de famille que nous n'aurions trahi pour rien au monde.

Il faut que j'en aie le cœur net, je prends la dernière pièce de deux euros dans le fond de ma poche et la présente à la vendeuse qui attend patiemment que je sorte de ma rêverie. Je bredouille juste : « un Carpe diem, s'il vous plaît », elle me le tend en remuant les lèvres, mais hypnotisée, je n'entends pas ce qu'elle me dit et cela m'importe peu. J'attrape soigneusement et emporte délicatement ce précieux macaron pour aller m'installer rapidement au milieu de la roseraie, à l'abri des regards indiscrets et de toute distraction. Le « Carpe diem » bien installé dans le creux de mes mains, je repense à la première fois où papa nous l'avait présenté. Il ne manquait plus que le roulement de tambour pour accompagner son enthousiasme.

Nous étions assises, maman et moi, face à la table devant lui quand il avait déposé devant nous une grande assiette recouverte d'un torchon au motif Vichy. Il nous avait dit en enlevant le torchon d'un geste magistral et en le faisant tourbillonner en l'air au-dessus de sa tête comme un lasso : « Voici…le… Carpe diem ». Nous nous étions regardées maman et moi, très intriguées, puis une conversation avait succédé à notre trouble. Je m'en souviens comme si c'était ce matin :

— Je ne comprends pas, c'est quoi une « carpe de aime » ? Et pourquoi appeler un gâteau du nom d'un poisson ? avais-je demandé.

— Pas « carpe de aime » Aurielle, mais « CARPE DIEM », avait rigolé papa.

— Cela signifie en latin « cueille le jour », avait ajouté maman, qui était toujours présente pour soutenir son mari dans ses idées les plus folles. Mais pourquoi ce nom ? avait questionné maman.

— Mes princesses, vous savez que j'aime plus que tout, les moments que nous passons ensemble tous les trois ? Mais, depuis qu'Aurielle est entrée au collège, entre la danse de maman, notre travail et les aléas de la vie, nous avons de moins en moins de bons moments juste pour profiter de nous. Alors... j'ai beaucoup pensé à vous en m'entraînant à faire cette recette de macaron. En plus de tout mon amour, j'y ai mis des litchis, ton fruit préféré, Aurielle; et de la rose, ta fleur préférée, ma chérie, avait-il annoncé en replaçant une mèche de cheveux roux derrière l'oreille de maman.

— Humm... avions-nous prononcé en chœur, maman et moi, en nous regardant avec des yeux pétillants de joie et l'eau à la bouche.

— Si je l'ai baptisé « Carpe diem », c'est pour nous rappeler qu'il faut qu'on profite de chaque moment présent. Ainsi nous pourrons nous retrouver autour de ce gâteau pour savourer des moments en famille. J'ai choisi comme saveur pour ce macaron la rose, car cette fleur se fane très vite et me rappelle que le temps, lui aussi, passe à toute vitesse et nous empêche de prolonger nos moments de complicité. Il faudra nous en souvenir chaque fois que nous reconnaîtrons cet arôme. C'est à nous de voler un peu de ce temps pour nous retrouver !

À ces mots, maman applaudit et je l'imitai, puis elle s'exclama :

— Magnifique idée, chéri ! Comme papa vient de le dire, Aurielle, il faut que nous nous régalions de chaque instant passé à trois et encore plus quand nous nous réunirons autour de ce petit « Carpe diem » ; je propose, pour fêter cela, d'instaurer une phrase-code qui sera une invitation à nous rendre en cuisine pour déguster un moment autour de notre gâteau. Ce sera notre rituel, rien qu'à nous.

— Oui, une phrase secrète, c'est une bonne idée, avais-je répliqué, mais quoi ?

— Nous ne sommes pas obligés de faire compliqué, m'avait rassurée maman en posant sa main sur mon épaule, comme pour me charger de cette délicate mission.

— Que dirais-tu, toi, Aurielle ? m'avait demandé papa comme pour renforcer la demande que maman m'avait faite.

J'étais bien embarrassée de ne rien trouver d'aussi intelligent et recherché que papa, mais il fallait bien qu'à mon tour j'apporte un élément. Ainsi, sans trop réfléchir, j'annonçai un peu déçue la seule chose que j'avais en tête à ce moment :

— En trio, à l'unisson, autour d'un carpe diem ?

Papa et maman s'étaient regardés et s'étaient accordés à trouver cette idée excellente, puisqu'elle venait de moi.

Puisque notre trio a éclaté avec la disparition de maman, je reproduis donc, toute seule, sur mon banc, notre petit rituel pour ressentir de nouveau la saveur de ces moments perdus à jamais. Je sens un sanglot qui monte dans ma gorge, de ce fait je peine à articuler ces quelques mots, qui ouvraient jadis les festivités :

— En... tri...o...à...l'u...ni...sson...au...tour d'un carpe...diem ?

Je reviens à ma réalité, je me console par l'observation et l'examen méticuleux de ce macaron du *Jardin des roses :* assurément, ça ne peut pas être le même, ce ne sera qu'une pâle copie, qu'une troublante ressemblance. Maintenant débarrassée de mon trouble, je croque dedans avec l'intention de me rassasier. Stupeur ! À ma grande surprise, je retrouve agréablement tous les goûts présents dans l'œuvre de mon papa : le croquant de la coque du macaron qui se transforme vite sous la dent en un moelleux onctueux, réconfortant, la fraîcheur du litchi contrebalancée par la petite amertume, malgré tout sucrée, de la rose qui m'installe dans un moment cocooning, pendant lequel j'ai la douce illusion de pouvoir échapper à toute agression extérieure. Ce festival de saveurs dans ma bouche éveille en moi les douces réminiscences des moments de complicité en famille. Je suis stupéfaite de constater que même si je ne suis pas entourée de mes deux parents, la dégustation de cette précieuse gourmandise me donne l'illusion de leur présence sans me laisser un goût trop amer. J'ignore comment cette pâtisserie, exacte copie de notre friandise familiale, pour ne pas dire l'originale, peut se retrouver dans cette vitrine de salon de thé, mais au lieu de me torturer l'esprit à essayer de comprendre, je savoure le plaisir de goûter une fois de plus à ce délice familial.

Une fois le macaron terminé, je redécouvre malgré tout, cruellement, le manque surtout celui de papa, si près de moi, et pourtant inatteignable. À ce moment, mes yeux s'arrêtent sur deux silhouettes, non loin de ma position, qui se dirigent vers une petite table. Il s'agit visiblement d'un père et de sa fille, ils ont l'air de bien s'entendre ; le papa taquine avec tendresse l'adolescente qui semble avoir mon âge. Quand la serveuse dépose un chocolat viennois, bien appétissant, sur la table, le père prélève un peu de chantilly pour en gratifier le nez de sa progéniture. Leurs éclats de rire parviennent jusqu'à moi et me serrent le cœur en même temps qu'ils m'amusent. À y regarder de plus près, je connais cette fille. Je parcours un instant mes souvenirs, à la recherche de ce timbre de voix. Bien sûr, je me rappelle d'elle à présent, elle était dans la même classe que moi en sixième, je crois qu'elle s'appelle Zoé. Elle avait perdu sa maman quand elle avait trois ans, cela m'avait marquée à cause de la façon dont je l'avais appris. Le professeur de mathématiques nous avait demandé en début d'année de faire signer la première page du carnet de correspondance et avait maladroitement insisté sur : « par les deux parents ». Zoé avait levé la main pour prendre la parole et avait demandé naïvement : « Comment je fais, moi, monsieur ? Ma maman est morte quand j'avais trois ans ». Cela m'avait glacé le sang à l'époque, j'avais été très triste pour elle, même si nous n'étions pas forcément amies, je n'imaginais pas ma vie sans ma maman, d'ailleurs je ne me l'imagine toujours pas aujourd'hui. Je suis quelque peu troublée de me comparer à présent à Zoé, car nous sommes si différentes l'une de l'autre que jamais je n'aurais pensé qu'on puisse être un jour comparables. Pour être honnête, il faut bien dire les choses, je ne suis pas ce qu'on appelle une « fille populaire », mais rassurez-vous, c'est par choix, je n'en souffre nullement ! Zoé, quant à elle, est l'amie convoitée du collège, elle a son petit groupe sans cesse autour d'elle qui mime ses postures, ses manies, son style vestimentaire. Ce qui la rend heureuse c'est d'agrandir son cercle ; portable au poing, elle compte sans cesse ceux qui la suivent sur les réseaux sociaux, ses abonnés, ses « followers » comme elle dit. Je n'envie pas du tout la place très recherchée d'amie de Zoé, mais je ne critique pas non plus sa façon d'être heureuse. Je pense qu'on réagit chacun différemment dans la recherche du bonheur ou la fuite du malheur. Comme papa me dit souvent, je suis un loup solitaire, d'autant plus dans le malheur ! J'ai tendance à m'isoler, je n'aime pas l'agitation. Ainsi, contrairement à Zoé, je compte mes amis sur les doigts d'une main : Baptiste, bien entendu était celui avec qui je passais quatre-vingts pour cent de mon temps ; madame Levain est, je dirais, mon amie d'expérience qui me conseille, qui m'écoute, c'est la voix de la sagesse. J'oubliai, il y a aussi Alexandro, le petit fils de la voisine du dessus qui vient de temps en temps chez sa grand-mère et qui s'amuse dans la cage d'escalier. J'aime l'accompagner dans ses jeux d'enfants ; je le rejoins lorsque j'ai fini mes devoirs pour faire glisser ses petites voitures sur les rampes d'escalier. Il est comme le petit frère que je n'ai pas eu. Pour ce qui est du collège, je parle de temps en temps à d'autres personnes de ma classe, mais quand elles se rendent compte que je n'ai pas de réseaux sociaux, je deviens vite inintéressante à leurs yeux. Ce n'est pas que j'aime l'exclusivité en amitié, mais j'aime les relations de qualité et je ne ressens pas le besoin d'être beaucoup entourée pour être bien entourée. Peut-être suis-je la seule de la classe à ne pas avoir de réseaux sociaux ? C'est que je n'en ressens pas le besoin pour le moment... Maman, angoissée, m'avait mise en garde sur ce type de relations virtuelles, sans doute s'inquiétait-elle des mauvaises rencontres que je pouvais y faire ou bien du harcèlement scolaire qui contaminait ce prolongement de la classe. Je l'avais certainement rassurée en lui avouant que je n'avais pas de compte, je lui avais expliqué sans honte que je n'avais pas envie de parler de moi ou de poster des photos de moi destinées à tout le monde, ce n'est pas cela qui m'aurait permis de me sentir exister. Avoir des centaines ou des milliers d'amis qui ne me connaîtront pas vraiment, pire... qui ne s'intéresseraient qu'à des clichés de moi sans se soucier de mes passions, de mes états d'âme, ne me paraissait pas vital. Au contraire, cela m'aurait volé du temps, celui qui me manquait déjà pour profiter des gens que j'aimais. J'étais certainement à ce moment bien entourée, même choyée. Aujourd'hui je me sens très seule, mais des *followers* ne soulageraient pas ma peine. Pourtant quand j'observe cette adolescente si différente de moi, particulièrement complice avec son père et apparemment si épanouie, un doux apaisement s'empare de moi. Une vie sans sa maman, c'est sûrement difficile, mais pas impossible. Pour cela, il faut que je retrouve mon père et que je commence une nouvelle vie avec lui.

Je me lasse, en plus, de ces rencontres étranges que je fais, j'ai l'impression d'être enfermée dans un autre monde et désormais, je n'ai qu'une envie, c'est de trouver la porte de sortie. Pour mettre mes idées au clair, je décide de marcher dans le parc.

6

Retour dans mon époque.

Lasse, déprimée à force de ne pas trouver mon père ou quiconque d'intime semblant appartenir à mon monde, je marche vers mon endroit préféré de ce magnifique parc, seul lieu qui m'a toujours tranquillisée, qui commence ainsi à prendre la forme d'un refuge, presque d'une planque.

Je descends l'escalier de pierre face à celui par lequel j'ai atteint le parvis du château, je parcours le petit sentier qui me conduit enfin à « cet écrin », comme disait maman. Il s'agit d'une sorte de tunnel sous la forme d'une tonnelle, faite de métal et de bois, qui l'été se couvre d'un manteau de verdure. Ainsi on se retrouve à l'abri du soleil, mais surtout des regards indiscrets, emmitouflé de plantes et de fleurs. C'est un véritable havre de paix où l'on venait avec maman se bercer du piaillement des oiseaux, du bruissement des feuilles ; c'est peut-être pour cela qu'on l'appelle « le berceau de la Reine ». Il y a longtemps, maman m'avait expliqué qu'on avait édifié ce passage pour la reine afin qu'elle puisse rejoindre la forêt sans être exposée au soleil, car à l'époque il fallait avoir le teint pâle pour plaire, le bronzage étant caractéristique du travail dans les champs. Retrouver cet endroit enchante mon esprit qui déterre rapidement de vieux souvenirs enfouis, pleins de tendresse. Tout en avançant lentement, j'aperçois au loin, sur ma droite, une jolie femme en jean et tee-shirt, concentrée sur sa lecture, assise sur un banc. Cette image fait écho à celle de maman, qui prenait cette même pose, sur ce même banc pour lire tandis que je m'amusais à courir après les papillons ou à attraper des coccinelles. Parfois même je cueillais des petits bouquets de fleurs, que je cachais dans mon petit sac à goûter, consciente que c'était interdit, et je les lui offrais en sortant du parc ; elle faisait alors mine de me gronder pour avoir transgressé une règle, mais ne manquait jamais de conclure la discussion par un gros câlin. C'est comme si ce lieu renouvelait sa promesse de moments de bonheur à venir. Mon attention se porte à nouveau sur la dame, installée sur le banc ; je pense à voix haute tant je suis intriguée par ce qui retient surtout mon attention :

— Un jean… quel bonheur !

Je cours vers cette inconnue, quoique paradoxalement familière, de par ses goûts vestimentaires si proches des miens que je me sens tout à coup en sécurité. Quand j'arrive à sa hauteur et que je découvre son visage, j'ai l'impression de la connaître. Mes idées sont toutes floues et embrumées depuis quelques heures, j'ai conscience que je peine de plus en plus à me concentrer, de ce fait je ne fais plus grand cas de mes croyances.

— Bonjour madame !

À ma grande surprise, je l'ai interpelée, ce qui l'empêche de continuer sa lecture :

— Coucou, jeune fille, comment t'appelles-
tu ?

Depuis quelque temps, je n'ose plus dire mon
prénom, de peur de faire rire quelqu'un ou qu'on
me fasse une réflexion déplaisante.

— Tu as perdu ta langue ? insiste-t-elle sur le
ton de la plaisanterie.

— Aurielle, dis-je timidement, pas très
rassurée par l'effet que va produire sur elle cette
annonce.

— Quel joli prénom, très original, j'aime
beaucoup, s'extasie celle que je vais désormais
beaucoup apprécier !

Je suis estomaquée par sa réaction, si bien que
j'ai envie d'en savoir davantage sur elle :

— Et vous ?

— Moi ?

— Oui, j'ai l'impression de vous connaître,
pourtant ces dernières heures je ne croise que
des personnes qui ne viennent pas vraiment
d'ici... Comment vous appelez-vous ?

— Agnès.

Sûre de moi cette fois, je saute de joie :

— C'est bien ça ! Je m'en doutais ! Vous êtes
la dame qui est sur le dos du livre de chevet de
ma maman.

Elle sourit et semble comprendre ce que
j'insinue.

— Je vous ai reconnue à vos dents, dis-je

sans réfléchir.

— Oh ! rit-elle en révélant sa dentition parfaite, dans un large sourire, qui lui donne cet air très sympathique.

— Oui... enfin... je bredouille, soudain consciente de ma maladresse. Pas d'inquiétude, je ne me moque pas, au contraire. C'est juste que cela m'avait marquée, car je me suis toujours demandé pourquoi quelqu'un qui avait un sourire si communicatif, illuminé de bonheur pouvait autant faire pleurer ma maman...surtout pour un livre dont le titre parle de gens heureux.

— Ta maman pleurait quand elle lisait *Les gens heureux lisent et boivent du café*[44] ?

— Oui, et ça me rendait triste, sauf que comme ma maman lisait et buvait du café, je me disais qu'à en croire votre titre elle était heureuse quand même.

Je réponds cela sans pouvoir masquer la tristesse qui m'envahit encore une fois. Agnès se fige et semble comprendre ma situation quand elle formule une question, qui finalement n'en est pas une :

— ... « buvait » ?... « lisait » ?... Pourquoi en parles-tu au passé ? s'avance-t-elle un peu hésitante.

---

[44] *Les gens heureux lisent et boivent du café* : premier roman de Agnès Martin-Lugand, qui la fit connaître en 2014. L'intrigue est celle du deuil difficile d'une mère ayant perdu son mari et sa fille dans un accident de voiture.

Pour la première fois depuis sa disparition, je réalise que l'emploi du passé interdit à maman de revenir dans le présent. Cela me soulève le cœur, cette émotion me surprend, je ne sais pas comment la gérer. Mes paupières me brûlent, je respire profondément et j'essaie de me concentrer, tandis qu'au loin, ces voix qui me deviennent intimes m'appellent encore : « jeune fille ». Est-ce vraiment à moi qu'on s'adresse ? Je perçois comme un bip-bip régulier. Mon interlocutrice sort son téléphone portable et s'excuse de devoir décrocher. Voilà l'origine du bruit qui m'incommodait, pourtant, le son semblait venir de ma tête. Décidément, cette chute, suivie de tant d'errance et d'évènements insolites, m'aura fait perdre tous mes repères ! Je me concentre de nouveau sur ma nouvelle rencontre, qui pour une fois me semble tout à fait normale ; du moins, elle est de mon époque. J'ai conscience cependant qu'il ne s'agit pas d'une entrevue habituelle, il n'est pas donné à tout le monde de rencontrer une personne publique et célèbre dans un parc et de converser avec elle. Agnès a reposé son téléphone et attend toujours ma réponse que je détourne :

— Quand je demandais à maman pourquoi elle pleurait, elle me répondait que dans votre livre Diane perdait sa fille. Elle séchait ses larmes puis disait qu'il n'y avait rien de pire que de perdre son enfant. Puis, elle pleurait de nouveau plus fort en m'apprenant qu'elle ne pourrait jamais survivre si elle me perdait.

Je fais une pause et reprends pleine de rage :

— Mais maman me mentait et je suis en colère !

— Pourquoi dis-tu qu'elle te mentait ? s'indigne Agnès.

— Parce qu'il n'y a rien de pire que de perdre sa...ma...man.

Cette fois, je crois que je pleure vraiment, tellement je suis étranglée par les sanglots et aveuglée par des picotements désagréables dans les yeux. Malgré cela, quand je touche mes joues, il n'y a aucune larme pour me soulager. Agnès m'attrape doucement la main et m'entraîne sur le banc contre elle. Elle me console en me caressant les cheveux, cette proximité me surprend au début puis je finis par la trouver naturelle et n'y prends plus garde. Après tout, je croisais tous les jours son visage sur la table de nuit de maman, elle est donc un peu de la famille. Elle se lance ensuite dans une histoire, juste pour moi :

— Je pense que ta maman ne te mentait pas. Elle avait raison. Tu sais, c'est dans l'ordre des choses que les parents partent au ciel avant les enfants. Ils sont vieux avant leur progéniture, c'est pourquoi ils partent souvent les premiers. Perdre un parent, c'est douloureux, mais acceptable, car on sait que ça doit arriver, forcément, mais perdre un enfant, c'est tragique puisque dans la logique des choses c'est aux enfants de perdre leurs parents et non l'inverse.

Elle fait une pause, je vois qu'elle fait un

effort pour bien choisir ses mots :

— Alors, c'est vrai que dans ton cas, ta maman est partie trop prématurément. Ça va être très difficile de l'accepter, mais tu vas grandir. Tu ne l'oublieras jamais ; pourtant toi aussi tu construiras ta vie, puis tu seras ensuite très concentrée sur l'amour et l'éducation que tu donneras à tes enfants. Pour une maman qui perd son enfant, c'est compliqué d'y survivre ; elle a déjà construit sa vie et donné son amour le plus inconditionnel. Elle ne peut plus se concentrer sur autre chose. Une maman continue de s'inquiéter pour son enfant disparu et pleure du fait qu'il n'a encore rien connu de la vie.

Étonnamment, ce que me dit Agnès me calme, cela semble sensé, même si je n'adhère pas forcément à tout. À ma grande déception, je perds, une fois encore, la fin de son explication. Ça recommence ! Au loin, on m'appelle par mon prénom, cela me trouble. Je me concentre uniquement sur cet écho, car la voix m'est étrangement connue. Elle provoque en moi des émotions fortes. Ce ton grave à la fois paniqué et triste me fend le cœur. Je ne me trompe pas, évidemment c'est lui. C'est bien lui. J'ai envie de lui répondre, de lui dire que je suis là … à mon papa. Agnès me sort de ma rêverie, elle me ramène à la réalité ou bien… me replonge dans mon illusion, je ne sais plus :

— Aurielle, ça va ?

— Oui et non.

Mon angoisse prend le dessus et je parle aussi vite que je peux, si bien que je ne suis pas certaine qu'elle arrive à saisir le sens de mes propos :

— Je me sens perdue. Je sais où je suis, je reconnais ces lieux et pourtant je ne retrouve plus ma maison. Au début, je ne voulais pas la retrouver, car à cause de ma fugue, mon papa serait très en colère ou déçu ou triste à cause de moi... mais, maintenant, je veux le retrouver même si je dois être punie pour tout ce que j'ai fait. Je l'entends parfois qui m'appelle dans ma tête ou bien des gens m'appellent...

Je m'arrête subitement, consciente que tout ce que je dis est complètement dingue et que mon affolement pourrait la faire fuir :

— Je crois que je deviens folle... c'est simplement que je ne suis pas normale.

Agnès, très calmement et doucement, me prend les mains et me dit en souriant comme pour m'apaiser :

— Calme-toi. Allez, concentre-toi sur ta respiration. Fais comme moi, on inspire profondément en gonflant le ventre...

Je l'observe et vois qu'elle mime son action en mettant sa main sur son ventre qui se gonfle, exactement comme le faisait ma maman quand elle souhaitait me délivrer de mes inquiétudes.

— ...puis tu expires le plus lentement

possible en rentrant le ventre, poursuit-elle.

J'évite de me poser des tas de questions et je décide d'obéir sagement. Je fais l'exercice proposé et constate qu'une sensation de bien-être s'empare de tout mon être progressivement. Mon cœur a repris un rythme décent et les tensions emmagasinées semblent disparues.

— Est-ce que tu te sens déjà un peu mieux ? me questionne-t-elle.

Je hoche la tête pour acquiescer.

— Maintenant, écoute-moi bien ! On va reprendre les choses depuis le début. Tout à l'heure, tu parlais de ta maman au passé, si j'ai bien compris elle est partie pour toujours ? suppose-t-elle avec précaution en faisant une moue qui laisse transparaître qu'elle est désolée d'évoquer un évènement douloureux.

Ce sujet m'est très difficile, car il fait surgir en moi des tas d'émotions de façon anarchique, si bien que le plus souvent je referme la porte de mon cœur pour ne pas avoir à faire face à ce chaos. Mais cette fois, devant à cette étrangère, qui l'est de moins en moins, car je sais que maman l'aimait bien, j'ai envie de me livrer un peu, ou peut-être beaucoup. J'entame alors mon récit, ne sachant pas où cela pourra bien me conduire :

— Cela fait six mois que maman nous a quittés papa et moi. Elle était très malade apparemment ...

Agnès m'observe pendant que je lui raconte mon histoire sans oser visiblement intervenir.

— Papa disait que c'était à cause de ce « satané crabe ». Au début, nous allions rendre visite à maman dans une chambre d'hôpital, dans laquelle nous avions apporté plein d'effets personnels pour qu'elle se sente moins seule. Un peu plus tard, maman avait décidé de revenir à la maison, j'ai donc cru qu'elle était guérie ! Sauf qu'un jour des gens, vêtus de blanc, ont emmené maman qui dormait dans son lit et que je n'arrivais plus à réveiller, je n'ai pas compris que ce serait pour toujours. Je suis allée à l'église pour entendre le prêtre dire plein de belles choses sur ma maman et tout le monde pleurait, mais pas moi, car ce que disait ce monsieur était bien vrai et il mettait en lumière les belles qualités de maman, je ne voyais pas ce qui était triste là-dedans. Puis j'ai vu un cercueil coulisser dans un trou, donc j'ai fait comme tout le monde, j'ai jeté une poignée de terre sur le cercueil au fond du trou. C'est comme ça que ma maman est partie.

Je fais une pause, car je ne sais pas quoi dire de plus. Que peut-on ajouter sur la mort, la mort c'est justement qu'il ne nous reste rien, je le comprends bien maintenant. Alors Agnès rompt ce silence, comme souhaitant me faire parler davantage sur ce rien.

— Et toi qu'as-tu ressenti à ce moment

précis et depuis ? me demande-t-elle.

C'est ce qu'on appelle une question compliquée, car je n'ai pas de réponse tranchée; alors, comme pour un devoir pour lequel on ne connaît pas la réponse, j'essaie de m'en sortir comme je peux :

— Euh... je n'ai d'abord pas été perturbée, j'ai fait comme les autres, j'ai fait ce qu'on attendait de moi. Je me disais que maman était partie, mais qu'elle allait revenir. Oui, elle revivrait assurément, car c'est ma maman... je pensais qu'elle ne pouvait pas mourir. Je ne réalisais pas vraiment que c'était elle dans ce cercueil, ni même qu'on faisait des louanges sur elle pour lui dire adieu. Quelque temps après la cérémonie et l'enterrement, je me suis sentie très en colère, presque enragée chaque fois que je passais devant sa chambre vide, chaque fois que je touchais un de ses vêtements. Je me sentais trahie.

— Contre qui ou contre quoi étais-tu en colère ? insiste-t-elle.

Si elle essaie de me faire développer ma réponse, c'est peut-être que je suis sur la bonne voie, ce n'est pas la réponse complète, mais j'approche du but, alors je me laisse séduire par l'exercice.

— Je ne sais pas contre quoi ou contre qui était dirigée cette colère. Ou bien si... mais j'ai un peu honte. En fait, je crois que j'étais furieuse contre maman, pourtant c'est insensé, je n'ai pas le droit d'être si fâchée contre elle, car c'est elle la victime... alors après je me détestais d'être si égoïste.

Je sens que mes sentiments refont surface et cela ne me plaît pas vraiment, car j'ai peur d'être de nouveau perturbée, de paraître déséquilibrée.

— Et pourquoi n'aurais-tu pas le droit d'être en colère contre ta maman ? C'est un sentiment humain et normal, tu considères qu'elle t'a abandonnée en partant, c'est une réaction naturelle. Ce que tu ne dois pas faire c'est justement de t'interdire de ressentir ce que tu ressens !

— Justement. C'est le bazar ! Quand je ne suis plus en colère, je suis triste alors j'ai envie de pleurer, mais je n'y arrive pas et ça me fait encore plus mal. Mes larmes sont prisonnières de mes paupières.

— Est-ce que ça te gêne de pleurer ?

— Drôle de question, elle est difficile ! Je n'ai pas honte de pleurer, je ne pense pas. Par contre si je pleure, c'est comme si je laissais partir ma maman pour toujours, j'ai l'impression que je mettrai un point final à notre histoire. C'est n'importe quoi ce que je dis ! Je n'arrive pas à vous expliquer, c'est flou.

Voyant que je m'énerve, Agnès décide visiblement de reprendre mon raisonnement, comme pour me le rendre plus acceptable, venant d'elle et plus clair avec ses mots :

— Ce n'est pas parce que tu verses des larmes, que ton chagrin sort de ton corps, que ta maman sort de ta vie. Faire son deuil, ce n'est pas passer à autre chose. Ta maman restera toujours ta maman. Faire son deuil c'est reconnaître qu'on a du chagrin, ce qui est tout à fait normal et heureusement, cela prouve que tu l'aimais et tu l'aimes fort ta maman.

À ces mots, mon cœur se serre cruellement, et, sans que j'aie besoin d'aller les chercher très loin, je sens des larmes monter et s'arrêter au bord de mes paupières. C'est douloureux, ma gorge se gonfle ou se serre, je ne sais pas trop ; un poids se dépose sur mon cœur. C'est comme si un ballon de baudruche, trop gonflé, prenait toute la place dans ma poitrine et attendait une larme, une seule petite larme pour pouvoir crever... enfin... et laisser s'échapper ce trop-plein de souffrance. Je murmure tout bas :

— Oui je l'aime très fort, plus loin que la lune.

— Tu dois lui pardonner d'être partie pour pouvoir continuer à vivre de ton côté. Tu dois accepter ta douleur et cesser de la refouler. Tu as mal et c'est normal, tu as le droit de pleurer. Ta maman n'est plus à côté de toi, mais elle a une place, c'est à toi de la lui donner, de créer pour elle cette nouvelle place en toi pour qu'elle continue à vivre à travers toi sans pour autant t'empêcher de vivre toi-même. Tu dois laisser s'exprimer ta colère et ne pas paniquer de te sentir si triste.

Ce mélange d'injonctions et de droits qu'on m'accorde me fait soudain réaliser que je suis le chef d'orchestre de mes émotions. Ainsi, pour qu'elles forment une alliance harmonieuse je peux leur permettre de s'exprimer pleinement :

— Je ne lui en veux plus, j'ai juste très mal. C'est tellement injuste !

— La vie est faite d'épreuves Aurielle, et les règles du jeu ne sont jamais toutes justes. As-tu le souvenir de bons moments avec ta maman ?

— Oui plein !

Le fait de mobiliser tous ces merveilleux instants partagés me rend si triste que cela en devient insupportable, Agnès poursuit et me donne le coup de grâce :

— Aurielle ?

— Oui, dis-je en desserrant difficilement les dents.

Agnès place son visage juste en face du mien et me regarde droit dans les yeux, d'un regard assuré et bienveillant, puis elle proclame en articulant chaque syllabe :

— La mort de ta maman, ce n'est pas de ta faute.

On se scrute un instant ; moi, comme abasourdie, et elle, comme confiante d'avoir trouvé la formule salvatrice, ce qui l'encourage à s'aventurer plus loin :

— Aurielle, répète cette phrase s'il te plaît :
« La mort de maman n'est pas de ma faute ».

Je trouve cela complètement ridicule et ne vois pas en quoi cela pourrait m'aider. Néanmoins, je m'exécute, car depuis le début j'ai besoin de lui faire plaisir :

— La mort de …

Finalement, c'est plus compliqué que cela n'en avait l'air, les mots résonnent en moi et en dehors de moi, ils prennent un sens que je n'avais pas envisagé. Cela est censé me soulager alors qu'en fait c'est très douloureux. Ne plus prendre aucune part dans la mort de maman, c'est comme accepter qu'elle soit partie, c'est concéder que je n'y peux rien ! C'est me résigner à la douloureuse évidence que je ne peux pas la faire revenir, je continue de prononcer le verdict :

— …maman n'est pas… de…ma…faute.

Elle a gagné, des tonnes de sentiments me submergent et trouvent cette fois le chemin de mon cœur, j'essaie de soutenir son regard, mais ma vue se floute. Je ne distingue plus rien, et pour cause, mes yeux sont emplis de larmes, ces précieuses larmes coulent enfin le long de mes joues et soulagent mon cœur qui se dégonfle au fur et à mesure de toute cette rancœur ; mon cœur, enfin allégé de ce poids le rendant si gros ! Elle me prend dans ses bras et je pleure tout mon saoul sur son épaule.

Après un long moment, je m'écarte d'elle. Je suis surprise de me trouver si légère, soulagée, encore plus quand je réalise qu'elle n'a pas disparu comme tous les autres auteurs. La boule qui alourdissait mon cœur, remontait dans ma gorge et m'étouffait parfois s'en est allée, mais mon esprit est toujours aussi saturé de voix confuses ; j'en fais part à Agnès, elle sourit et me conseille :

— Aurielle, concentre-toi bien. Sois disponible à ce qui t'entoure, écoute autour de toi. Nous allons nous quitter ici, car j'ai un autre livre qui m'attend et que je dois aller l'écrire. Tu vas reprendre ce tunnel et en sortir. Fais tout ce que je te propose, dans l'ordre que je le dis : tu vas marcher en écoutant attentivement les petits oiseaux chanter, en respirant à pleins poumons le bon air du printemps chargé des effluves odorants des fleurs qui nous entourent, les as-tu sentis ?

— Non, pas encore !

Justement, je m'étonne de n'avoir pas reconnu toutes les odeurs habituelles de ce parc ni avoir perçu les sons environnants qui m'enchantent d'ordinaire. De sa main gauche, elle me donne l'impulsion pour que je me lève et me regarde m'éloigner, je fais quelques pas puis me retourne vers elle. Elle est toujours là, étrange ! Elle me fait un clin d'œil et porte son index à son oreille puis à son nez me rappelant de suivre les conseils qu'elle vient de me prodiguer. Je m'exécute alors. J'essaie d'être à l'écoute des sons de la nature, ils se mêlent à la confusion grandissante de mon esprit. Je me concentre très fort si bien que j'entends parfaitement le piaillement des oiseaux, souvenir de mon passé, puis je gonfle mes narines et remarque la bonne senteur des différentes fleurs. Celles-ci se mélangent pour créer l'odeur particulière de ce berceau, réminiscence des bons moments passés avec ma mère, ce qui pour la première fois depuis sa mort me fait sourire. Je me concentre sur ces sensations en avançant vers la statue de pierre que nous observions souvent ensemble et que je prends plaisir à redécouvrir, cette fois seule. Les bruits des oiseaux s'éloignent bien que je n'aie pas bougé de place, j'essaie de les ramener à moi, mais ils font place à ce fameux bip qui me hante depuis le matin. La chaleur de la journée se transforme soudainement en fraîcheur, j'ai presque froid. Je regarde autour de moi et vois, à ma gauche, sur le côté de la statue, une petite porte dans la structure du tunnel, cette porte est à hauteur d'enfant. J'essaie de me concentrer encore pour respecter au mieux les conseils que m'a donnés Agnès, car je veux réussir cet exercice. Toutefois, l'odeur des fleurs se transforme soudain, et au lieu de m'enchanter, elle me fait penser à l'odeur envahissante dans la chambre d'hôpital de maman quand elle n'allait pas bien. Ce qui devrait me faire fuir et m'horrifier m'attire pourtant, et je m'avance vers cette porte : les effluves aseptisés se font de plus en plus prononcés, le bip de plus en plus strident, les voix de plus en plus fortes, mais j'ai envie d'y aller quand même, d'affronter ce qui m'attend. Je fais un pas de plus, c'est alors que je perçois sur ma main la présence chaude d'une autre main, je l'empoigne et la serre. J'ai peur de me perdre dans ce non-lieu dans lequel je me trouve, je pousse la porte et me voici happée dans un autre univers.

7

Retrouvailles.

Le tournis de l'instant d'avant s'est dissipé. Je ne me sens plus confuse, pourtant je suis dans le noir et je ne sais pas où je suis. J'ai froid, tellement froid ! Et si j'étais morte ? Il règne ici un silence pesant, comme un vide immense. Cependant, cette main que j'ai agrippée il y a quelques minutes bouge sous mes doigts. Au moment où je me demande à qui elle appartient, la voix de papa me parle :

— Aurielle, ça va ?

Je perçois de l'inquiétude, mais pour mon plus grand plaisir ses paroles ne résonnent pas comme un écho cette fois, elles paraissent bien réelles. Je prends le temps de réfléchir, ainsi je réalise que je suis allongée, mes yeux sont fermés. Je tente de les ouvrir. J'y parviens progressivement, au prix de nombreux efforts. À mesure que j'ouvre les paupières, la pièce dans laquelle je me trouve se fait de plus en plus lumineuse. Le blanc des murs, l'odeur chimique, les signaux sonores des machines...pas de doutes, je suis à l'hôpital. J'essaie de remuer, mais je sens une résistance au creux du bras, je suppose qu'il s'agit d'un cathéter ; on m'aura certainement injecté un produit ou fait une prise de sang. Cette idée me rassure enfin puisqu'elle explique les diverses douleurs ressenties quelques heures plus tôt. Ce qui gonflait à intervalles réguliers autour de mon bras devait être cet appareil pour prendre la tension dont je devine le brassard en place au-dessus de la blouse dont on m'a revêtue. Je réalise, agréablement, que je n'étais pas folle, juste assez inconsciente pour ne pas comprendre qu'on me prodiguait des soins. Mon esprit, maladroitement, trouvait d'autres causes à ces sensations inconfortables que je percevais faiblement dans mon sommeil.

Je peux à présent distinguer le visage de papa, penché au-dessus de moi. J'aimerais pouvoir lui parler et le rassurer pour que disparaisse sur son visage cette expression douloureuse d'angoisse, mais ma bouche est comme endormie et je peine à articuler les quelques mots que je tente de prononcer :

— Je suis là maintenant.

Papa s'étend près de moi, dans ce lit d'hôpital, pour me prendre dans ses bras, cela déclenche une vive douleur dans ma jambe, au niveau de ma rotule droite.

— Pardon, s'excuse-t-il, j'oubliais pour ton genou, mais ne t'inquiète pas, tout va s'arranger. J'appelle le docteur, il va t'examiner.

Je remarque qu'il appuie sur le bouton rouge d'une manette, près de mon lit.

— C'est normal si tu te sens un peu vaseuse, l'accident que tu as subi a provoqué une commotion cérébrale sans gravité, selon les termes du docteur. Pour résumer, tu as perdu connaissance un petit moment, puis comme tu souffrais trop du genou, ils t'ont injecté un produit pour la douleur qui t'a fait beaucoup dormir.

Voici donc la cause de mes étourdissements, des douleurs aigües ressenties à divers moments dans le genou. Comprenant mieux tout ce que j'ai subi ces dernières heures, je ne pose pas de questions supplémentaires. J'en profite pour entrer directement dans le vif du sujet :

— Papa, tu sais, je suis désolée. Je ne voulais pas te créer tant d'ennuis en plus de tout ce qui se passe déjà dans notre vie. Après le cours, je n'ai pas réussi à me contrôler face aux moqueries de certains camarades, j'ai pris la fuite, mais je ne pensais pas causer cet accident...

— Chut... reprend mon père. Tu n'as pas à t'excuser Aurielle. Après la mort de ta mère, je n'ai pas su gérer ma douleur et je n'ai pas assez tenu compte de la tienne. Je ne savais plus communiquer et suis resté sourd et aveugle à ta détresse. Je ne suis pas du tout fâché contre toi. Ne sois pas inquiète, tu n'as blessé personne ni créé aucun dégât matériel. Tu es la seule victime, tout le monde est surtout inquiet pour toi.

Nous nous regardons et pleurons ensemble pour la première fois. Papa ne se retient plus et moi non plus, ce moment est comme une communion entre nous, dans la douleur certes, mais aussi dans l'amour qui nous unit. J'avais besoin de cette tendresse de mon père et de ses mots. J'avais besoin que nous conjuguions nos peines pour mieux nous soutenir et faire face ensemble. Papa essuie ses larmes puis les miennes et reprend la parole pour me rassurer totalement :

— Je me suis entretenu avec le CPE, je sais à présent ce que tu vivais au sein de la classe, grâce à Baptiste qui nous a beaucoup aidés à comprendre ton changement, sache qu'il était très préoccupé de ton état, il est très intelligent et voulait te laisser faire ton deuil à ton rythme. Il était inquiet à ton égard, mais pensait qu'il fallait te laisser gérer, il regrette à présent de ne pas être intervenu.

— Baptiste ne m'a donc pas oubliée ?

J'ai dit cela à haute voix, à la fois surprise et rassurée.

— Bien sûr que non. Aurielle, bien au contraire !

Après un moment de silence, il reprend hésitant et un peu embarrassé :

— On va se faire aider tous les deux. Il faut que nous reprenions une vie, même si c'est sans maman, nous ne pouvons plus nous contenter de survivre à sa perte. Je sais que nous avons essayé de soulager notre chagrin chacun de notre côté, je me demande si cela ne nous a pas poussés à nous protéger l'un l'autre, sans rien partager finalement. Je te propose que nous suivions une psychothérapie commune, je pense que parler de maman ensemble et nous laisser guider par un professionnel pourrait nous aider, qu'en dis-tu ?

— Oui papa, je veux bien, je sais à présent que cela me fera du bien de parler. Je suis convaincue que j'aurais toujours mal en pensant à la mort de maman, c'est certain, mais j'ai besoin qu'on m'aide pour que du moins cette blessure ne saigne plus. C'est sûr, j'ai besoin de toi pour guérir de la disparition de maman sans pour autant avoir peur de l'oublier, et, j'imagine, que toi aussi, tu as besoin de moi, non ?

Papa, hébété, se redresse pour s'asseoir.

— Je n'aurais pas mieux dit ma princesse. Comme tu grandis vite, reprend-il pensif.

Je change vite de conversation et demande à mon père des nouvelles de l'état de mon genou.

— Rien de grave, rassure-toi. Tu as une luxation de la rotule, ce qui signifie que celle-ci est sortie de son logement. Il a donc fallu te la remettre en place. Ça va être douloureux encore un long moment, le docteur va te prescrire des antalgiques, ton genou devra rester au repos entre quatre et six semaines, termine-t-il en grimaçant, sachant très bien que cela ne va pas me réjouir.

Bien sûr, rester enfermée dans l'appartement, ça ne sera pas gai tous les jours. Ce n'est pas dans mes habitudes. Je décide pourtant de voir le bon côté des choses ; cette fois, c'est moi qui le rassure :

— Je me ferai porter les cours par Baptiste et je travaillerai à la maison, cela nous permettra de nous voir davantage et de pouvoir entamer notre guérison. J'en profiterai aussi pour rattraper le retard accumulé ces derniers temps et si possible pour combler mes lacunes.

Mon père semble content de ma réponse, il ajoute :

— Il y aura un peu de rééducation ensuite et après nous oublierons tout à fait cette mésaventure !

Je me rends alors compte que je n'ai pas du tout envie d'oublier cette « mésaventure » comme dit papa. Naturellement, il y a eu des moments difficiles, mais j'ai fait tellement de belles rencontres enrichissantes, mes amis, que je sais désormais imaginaires, vont tellement me manquer ! Ils étaient si bienveillants, si avenants, et leur conversation si passionnante ! Tout cela avait l'air tellement vrai ! Bien que ma vie réelle reprenne son cours, les vieilles habitudes ont la peau dure comme on dit ; quelqu'un entre dans la chambre et me tire de mes réflexions.

— Bonjour, Aurielle, intervient une voix enjouée que je connais bien.

Sans même me relever pour apercevoir celui qui vient de passer la porte, je m'exclame :

— Bonjour Molière !

Je m'enthousiasme en retrouvant la voix de mon nouvel ami, mais je ne comprends pas ce qu'il peut bien faire dans cet hôpital ; je pensais être sortie de mon monde étrange. Je le découvre quand il s'approche de moi et suis forcée de reconnaître qu'il ne ressemble en rien à mon Molière, d'ailleurs il n'a en commun avec lui que la voix. Me voici quelque peu déçue.

— Je suis le docteur Molaire... pas comme Molière, me corrige-t-il, ne le prononce pas « iè », mais « ai » comme la dent, termine-t-il en me faisant un clin d'œil. J'ai peut-être raté ma vocation de dentiste, plaisante-t-il.

— Oui bien entendu. De toute façon, Molière a un avis très ... (je cherche mes mots) ... critique, sur la médecine. De toute évidence, il n'aurait jamais été docteur.

Ma réflexion fait naître chez mon nouveau médecin un rire très franc.

— Eh bien, tu es très cultivée, jeune fille.

Puis il se retourne pour s'adresser à mon père :

— Vous avez là une fille très intelligente, monsieur.

Je devine en entendant la voix de mon père qu'il sourit :

— Je n'en ai jamais douté.

D'un coup, tout devient très clair. Bien entendu, tout ce qui m'est arrivé était un rêve, mais c'est bien mon esprit qui a inventé tout cela. Je ne suis donc pas si nulle que cela ! Tous ces auteurs, je m'en souviens désormais, je les ai déjà rencontrés en classe au travers de mes manuels ou de mes leçons. Ce Rabelais qui me parlait en latin, c'était mon cours de lundi... Pendant que j'étais inconsciente, mon cerveau a transposé tout ce que j'ai appris en classe sous la forme d'une drôle d'histoire ! Ce que je trouvais si passionnant, ce sont mes connaissances. Il n'y a pas à dire, je suis toujours cette Aurielle intelligente qui faisait la fierté de ma mère, et je compte bien le rester pour que de là-haut, près de l'astre de la nuit, cette nouvelle étoile qui brille soit toujours aussi fière de moi. Ne lui ai-je pas tant de fois répété que je l'aimais plus loin que la lune ? Ce monde qui nous sépare n'entamera pas l'amour que je lui porte, nul besoin de changer ma façon de vivre, je suis certaine qu'elle m'observe des nuages, alors je lui dois de la rendre heureuse de ce qu'elle voit.

Je me sens tout à coup remplie de joie. Je me redresse sur mes deux coudes et lance d'un ton triomphal :

— Dès que je pourrai marcher de nouveau, je file à l'école retrouver ma place de première de la classe ! Et que Dylan et compagnie s'amusent à venir m'ennuyer, ils seront bien reçus !

À mes chers lecteurs,

C'est ainsi que se termine l'aventure d'Aurielle, elle mûrissait dans ma tête depuis deux ans. Par conséquent, j'espère que vous avez pris autant de plaisir à la lire que j'en ai pris pour l'écrire !

Il s'agit de mon premier roman puisque j'ai commencé avec un témoignage sur l'histoire de ma petite sœur. Pour rappel il s'agissait de *Handicap...Le défi d'être miss. Cap ou pas cap ?* aux éditions de La Boîte à Pandore. J'ai encore bien d'autres intrigues en tête, prêtes à être couchées sur le papier. Alors j'ai besoin de vous ! Oui, oui... derrière ma plume d'auteur débutant, je suis avant tout une femme qui doute. Si vous avez aimé cette lecture, faites-le savoir, accompagnez-moi pour me faire connaître. Pour cela, je vous serais reconnaissante d'un simple petit geste :

— Ajoutez un **commentaire** sur Amazon,

— **Notez** ce livre

Et si j'ai déjà quelques admiratrices/admirateurs, je m'autorise à rêver, n'hésitez pas à partager la couverture du livre sur les réseaux sociaux, parlez-en, bref ne vous privez pas de le faire connaître.

Dans tous les cas, je serai toujours ravie et enthousiaste à l'idée de partager avec vous. Voici où me trouver :

Facebook : Cindy Duhamel Auteur

Instagram : Cindy Duhamel Auteur

Twitter : @cindyduhamel28

Blog :
https://cindy-duhamel-auteur.blogspot.fr/

Printed in Great Britain
by Amazon

47381451R00075